O MAPA
DA AUSTRÁLIA

EUSTÁQUIO GOMES

O MAPA
DA AUSTRÁLIA

ROMANCE

O Mapa da Austrália

Copyright © Eustáquio Gomes 1998

1ª edição – Maio de 1998 – 2.000 exemplares

Editor:
Luiz Fernando Emediato

Capa:
Hermes Ursini

Foto da Capa:
Colin Thomas

Diagramação e Editoração Eletrônica:
Alan Cesar Sales Maia

Dados Internacionais de Catalogação na Publicação (CIP)
(Câmara Brasileira do Livro)

Gomes, Eustáquio, 1952
O Mapa da Austrália : romance / Eustáquio Gomes
São Paulo : Geração Editorial, 1998.

ISBN 85-8608-65-7

1. Romance brasileiro I. Título.

98–1671   CDD–869.935

Índices para catálogo sistemático:

1. Romances : Século 20 : Literatura brasileira
869.935
2. Século 20 : Romances : Literatura brasileira
869.935

Todos os direitos reservados
GERAÇÃO DE COMUNICAÇÃO INTEGRADA COMERCIAL LTDA.
Rua Cardoso de Almeida, 2.188 – CEP 01251-000
São Paulo – SP – Brasil

Tel. (011) 3872-0984 – Fax: (011) 3862-9031

e-mail: geracao.editorial@zaz.com.br
Internet: http://www.editoras.com/geracao/

1998
Impresso no Brasil
Printed in Brazil

SUMÁRIO

1. O MAPA 11
2. O SARAU 15
3. O MAPA 18
4. O SARAU 22
5. O MAPA 26
6. O SARAU 28
7. O MAPA 31
8. O SARAU 35
9. O ANJO 40
10. NO EXÍLIO 47
11. O ANJO 51
12. NO EXÍLIO 59
13. O ANJO 64
14. NO EXÍLIO 69
15. O ANJO 73
16. NO EXÍLIO 77
17. A MARRECA 79
18. DIÁRIO DO EXÍLIO 85
19. A MARRECA 89

20. DIÁRIO DO EXÍLIO 96

21. A MARRECA 99

22. DIÁRIO DO EXÍLIO 105

23. A MARRECA 111

24. DIÁRIO DO EXÍLIO 116

25. A FOTOGRAFIA 122

26. A ENTREVISTA 128

27. A FOTOGRAFIA 132

28. A ENTREVISTA 138

29. A FOTOGRAFIA 144

30. A ENTREVISTA 149

31. A FOTOGRAFIA 154

32. A ENTREVISTA 150

33. O PARADOXO 166

*As ficções se pretendem verossímeis;
mas a vida, como se sabe, é inverossímil.*

Nuñez y Nuñez
Tratado da Vã Realidade

1. O MAPA

Todos os casais felizes se parecem, os infelizes são infelizes cada um à sua maneira. Tolstoi. Vivemos juntos três anos, Lúcia e eu. Desses, creio que os três últimos meses não contam muito, pois já era então como se fôssemos dois estranhos. E estou certo de que nesse estágio final não nos parecíamos com ninguém mais, senão como explicar que seis meses antes (em particular os dois meses que precederam o esfriamento e a tibieza) a gente se comportasse como o casal mais harmonioso do mundo?

De repente ela me soprava na concha do ouvido: "Nós nunca fizemos daquele jeito, Jônatas querido, mas se você quiser posso ir buscar a pomada". Eu sentia arrepios, achando o tom parecido demais com o de uma prostituta, pois era como se ela dissesse: "Espere um instante que vou chamar o jardineiro". Eu condescendia e até gostava, pois afinal não se tratava do jardineiro ou do açougueiro, mas de prazeres novos que a gente partilhava como marido e mulher. Começavam a ser tantos e tão variados que eu me surpreendia com o engenho dela, ora no encosto do sofá, ora sobre a grande pia de mármore ou até mesmo contra o tanque, lá fora, protegidos só por um biombo de madeira.

Assim eu descobria nela um gosto particular por parapeitos, anteparos ou qualquer plano sólido contra o qual pudesse ser pressionada e judiada, melhor dizendo, currada. Eu a satisfazia tanto quanto podia e pensava, fascinado, que tinha sido presenteado com uma nova mulher sem ter precisado me livrar da primeira. E já quase não me lembrava mais da outra, a redatora de frivolidades que também se chamava Lúcia mas que certamente não era a mesma, dada a considerável diferença de humor, amor e repertório.

Então chegamos ao ponto em que era preciso ir mais longe ainda e foi aí que a coisa rebentou, como rebenta o relógio a que se dá corda além do ponto.

Morávamos num velho apartamento térreo, feio por fora e aconchegante por dentro, com o janelão do quarto dando para um pátio quadrado onde outras residências iguais se juntavam e pareciam confabular. Debruçada no parapeito dessa imponente janela, minha mulher gastava horas conversando com suas amigas da vila, ora uma, ora outra, porém quase sempre três ou quatro ao mesmo tempo, amotinadas no pátio. E o que antes me parecia uma inocente perda de tempo agora se revestia, para mim, de uma inquietante possibilidade. Penso que também para Lúcia, visto como brincava prazerosamente com o traseiro oval, dobrando ora uma perna ora outra e mantendo-a colada à coxa durante o tempo que lhe apetecia, para depois deixá-la deslizar numa queda lenta e cheia de langor. Esse particular, mais o tititi que rolava solto entre a janela e o pátio, agia sobre mim como o esporão do diabo. Sem que ela se apercebesse (ou talvez tenha percebido desde o instante em que pela primeira vez eu me pus a rastejar de uma ponta a outra do quarto como um soldado de infantaria) colocava-me de costas bem debaixo dela, tomando cuidado para não assustá-la quando lhe tocava um calcanhar e dali subia ao joelho, depois à parte interna da coxa onde há uma pequena marca de nascença semelhante ao mapa da Austrália, e, delicadamente, com a ajuda de dois dedos clivados, avançava entre seus pentelhos e separava os grandes lábios como se separam as pétalas de uma flor. Enquanto minha mão direita lhe acariciava o bumbum, a outra, a sinistra, procurava nela os refolhos da alma. Brincava e me comprazia em fazê-la produzir sumo. Meu desejo era levantar meio corpo e penetrá-la de um só golpe, mas esta seria uma operação perigosa, pois sou mais alto que ela e podia ser que vissem do pátio a minha cabeça lanosa. Então contentava-me com erguer só um pouquinho o dorso e o fazia como faz o soldado sequioso que mete a cara debaixo da bica para saciar-se enquanto a infantaria descansa e cavaqueia; isto é, encaixava a cabeça entre suas coxas e recebia a pronta e silenciosa colaboração dela, que afastava-as o mais que podia para que eu pudesse avançar até o ponto de colar a boca em sua fenda.

E enquanto ali permanecia, fazendo o que um macho faz desde os albores do mundo, trabalhando voraz com a língua e até com a polpa dos dentes, à maneira dos gatinhos que fingem morder a mão do dono, podia sentir que ela fremia inteira e tinha espasmos. De uma feita, creio que uma das últimas, chegou mesmo a esticar um braço para trás e com a mão crispada contornou minha nuca, apertando-a com energia e cravando-lhe a meia-lua das unhas. Quase gritei de dor, mas o prazer que eu provocava nela (podia percebê-lo na trepidação de seus músculos) retornava para mim como um fogo de cautério e superava todo sofrimento. E enquanto eu trabalhava nela e via-a contorcer os quadris, não de maneira brusca ou ostensiva mas suave como o bambolear das ancas de uma alimária, admirava-me que embaixo ela escaldasse e nas alturas continuasse a triscar tão serenamente com as amigas. Uma delas acabava de dizer: "...aquele meu vestido de veludo cotelê", ao que Lúcia, dona de um guarda-roupa abastecido em grifes que ela adulava em sua coluna, respondia que quase não tinha roupa de festa, uma evidente mentira. E por aí não se chegava a lugar nenhum, nem se pretendia que chegasse, o papo vadio mais parecendo um pretexto para servir de contraponto à verdadeira conversa que se passava embaixo, entre ela e eu, um diálogo de mucosas.

Muitas vezes aspirei pela ubiqüidade para ter sido capaz de ver as transformações que se operavam em seu rosto enquanto eu a sugava. Em imaginação colocava-me de pé, no pátio, atento às linhas de seus zigomas, torcendo para que suas amigas percebessem o que se passava na penumbra do quarto. Vá lá que entrassem no clima e tomassem a casa de assalto. Mais de uma vez tive a certeza íntima de que minha mulher estava preparada para aceitar os termos dessa fantasia. Mas o que se seguia, com pequenas variações, era sempre o mesmo: ela despedindo-se das amigas, fechando a janela de duas abas e voltando para mim uns olhos vítreos e dilatados. Imediatamente eu a derrubava no tapete ou sobre o colchão e me atirava em cima dela com selvageria, pressionando-a contra as barras da cama ou sobre o estofo do criado-mudo, quase atravessando-a com a minha clava úmida e escaldante — que Lúcia, muito religiosa na infância, costumava comparar a um círio pascal.

2. O SARAU

NA SEMANA EM QUE convidaram João Ernesto a ler um de seus contos num sarau organizado pelo clube do Instituto, ele havia, por coincidência, pingado o ponto final numa história intitulada "O mapa da Austrália", que depois figuraria com honra nas páginas de um magazine de província, entre fotos de uma balzaqueana deitada num monte de feno.

Acreditando tratar-se de uma reunião masculina, dessas que o Instituto costumava promover para que algumas caixas de cerveja fossem consumidas sem pressa, e para que até o mais simples barnabé pudesse fumar sem remorsos um charuto de primeira (brinde da alfândega em que trabalhava um irmão do Diretor), João achou que havia chegado o momento de mostrar ao mundo essa história que uns diziam acremente erótica, outros francamente obscena, mas que ele tinha escrito primeiro para se divertir, depois para alegrar e fazer rir os amigos.

Com o feixe de páginas dobradas no bolso do casaco, tomou o rumo do clube num fim de tarde matizado por grandes nimbos dourados. Sua surpresa começou ao ser recebido à porta do salão pela Dra. Margarida, a procuradora-chefe do Instituto.

"Ah, João, até que enfim!"

O sarau já havia começado. Tânia Mendes, a prendada secretária do chefe de pessoal, tinha acabado de ler uma "grinalda de poemas" em homenagem a alguns "vultos pátrios do passado e do presente", entre eles Caxias, a princesa Isabel, Santos Dumont e Ayrton Senna. João pigarreou. Sem ouvir suas desculpas a Dra. Margarida, que vestia uma saia fúcsia e cheirava bem na sua fartura de carnes bem distribuídas, travou-lhe um braço e puxou-o para o interior do auditório. Rostos corados voltaram-se para observá-los quando eles entraram e João foi ocupar uma poltrona na segunda fila.

No parlatório pontificava agora uma devotada leitora de Paulo Coelho, a bibliotecária Astrid. "O caminho de Santiago de Compostela", entoava ela, "abria-se para o Mago". Procurando conter a ansiedade, João girou a cabeça e constatou, aflito, que o público era constituído só de mulheres. Exceção feita ao técnico de som e a ele próprio, não havia ali um único homem. Nas cadeiras vizinhas perfilava-se, compacto, um renque de senhoras cheias de dignidade, a maioria na flor do climatério, sem contar as duas ou três que avançavam rapidamente para a decrepitude; mais atrás, nas fileiras que subiam como uma rampa até o teto, agrupava-se um certo número de moças que ele conhecia de vista, funcionárias da administração ou dos laboratórios, o que dava ao salão um ar gárrulo.

"Ninguém como ele percorreu tão alegremente o Caminho de Compostela", repetia a bibliotecária em haustos que pareciam ser os finais, enquanto João remexia-se na cadeira e calculava as chances de invocar um pretexto qualquer, uma dor de cabeça ou um desarranjo intestinal, e sair de fininho. Mas na medida em que não o fazia (antes agarrava-se aos braços da poltrona como um condenado à cadeira elétrica) foi sendo tomado de um pânico debilitante que só a custo dominou.

Aplausos ressoaram na sala e a devota de Paulo Coelho, projetando o peito para frente, juntou seus papéis e desceu do estrado. A procuradora-chefe não perdeu tempo e adiantou-se para apresentar João à platéia. Ele não era um desconhecido naquele meio, mantinha uma seção num jornal da cidade e havia feito publicar, anos antes, um plaquete com três contos humorísticos e seu retrato na contracapa. Embora depois disso houvesse se eclipsado por completo, vítima de reiteradas recusas dos editores e de uma preguiça congênita, ao menos no Instituto seu prestígio permanecia inabalável. Ele continuava usando esse capital político como alguém usa um casaco velho mas ainda em bom estado, apesar de o desapontamento e a amargura já haverem corroído boa parte de sua costura interna.

"E não custa lembrar", concluía a Dra. Margarida depois de uma cornucópia de palavras amáveis, "que o Instituto tem a fortuna de contar com um dublê de jornalista e escritor à frente de seu serviço de imprensa. O senhor João Ernesto".

Acudido por uma súbita calma, que era mais um sentimento de entrega, João subiu à tribuna, limpou a garganta e sem qualquer prelúdio começou a ler o conto.

3. O MAPA

SEMPRE ME PARECEU incompreensível que eu, em geral pudico com as mulheres, não raro tímido, seja por vezes capaz de grande franqueza e desembaraço. É claro que isso me acontece muito raramente, mas quando calha sou capaz de inesperados lances de ousadia e atrevimento, sem que seja propriamente rechaçado. Ao contrário, converto-me naquele em quem se pode confiar — no confidente. Não sei a que se deve esse fenômeno, mas suponho que à naturalidade com que passo então a falar, a dizer coisas que em outra circunstância (outro estado de alma, eu diria) pareceriam obscenas.

Isso explica por que que a hóspede da Pousada Cananéia, a quem eu acabava de contar o relato da escalada sexual de meu casamento, disse-me, sem corar nem esconder seu interesse:

— O senhor prometeu contar a história de sua separação. Mas tudo o que ouvi foi a história de seu casamento.

Pousei os olhos em seus joelhos redondos e firmes:

— É que, *senhorita*, eu ainda não terminei.

— Senhora.

Tinha-a visto na praia pela manhã, caminhando ao lado do administrador, um sujeito que se interessava por livros e mantinha uma pequena biblioteca em seus aposentos. Dizia-se que havia sido professor ou coisa parecida antes de chutar o balde e vir para a ilha. Chamava-se Castanho e costumava emprestar livros aos hóspedes. Mas achei que estava mesmo era interessado nela. Mais tarde voltei a vê-la: dormitava numa cadeira de lona, um livro descansando sobre a coxa, mal amparado pela mão direita. A esquerda estava a ponto de deslizar para a areia. Achei espantoso que alguém, especialmente uma mulher jovem, se ocupasse de Ivan Ilitch e de sua lenta agonia naquele lugar ensolarado e cheio de vida, onde a luz caía em torrentes oblíquas sobre os telhados e sobre o mar, como cortinas de chuva dourada. Eis por que, à tardinha, eu citava Tostoi (incorretamente, como se viu) para ela no terraço da pousada.

— Num domingo, continuei, o mundo veio abaixo.

— Que houve?

— Uma das amigas de Lúcia realmente percebeu ou intuiu o que se passava na janela. Entrou correndo na sala e parou na porta do quarto. Minha mulher não teve reação e eu ali, aninhado debaixo de sua saia, nu como Adão no Éden, em estado de interessante priapismo. Deve ter sido assim no dia em a Cobra tentou Eva e o Anjo apareceu. Quando Lúcia tratou de se desvencilhar de mim, aplicando um joelhaço em meu rosto, já era tarde. A moça estava plantada bem junto à penteadeira, as mãos no rosto, pálida, tentando acreditar no que via. Eu me atirava para debaixo da cama quando ela prorrompeu numa gargalhada estapafúrdia que depois se transformou numa série de guinchos sibilantes, horríveis, como uma criança histérica que acabasse de ver uma cena de horror. Claro que em seguida minha mulher recuperou a lucidez e tentou salvar as aparências, mas a moça já havia saltado de volta para o pátio e arrastado com ela as amigas que esperavam o desfecho dessa coisa assombrosa que elas ainda não sabiam o que era, mas da qual talvez há muito suspeitassem.

— E depois, o que aconteceu?

— Pequenas coisas. O porteiro que olhava para ela de um modo estudado. Os vizinhos que já não nos chamavam para o jogo de víspora. As amigas de Lúcia que nunca mais voltaram a se reunir debaixo da janela. O frentista que piscava um olho para o colega, por cima do carro, enquanto metia a mangueira pela boca do tanque. Tudo isso nos dava a sensação de que estávamos no centro de um escândalo de proporções públicas e de que ele crescia em círculos concêntricos. Situação que logo se tornou intolerável. Discutíamos por qualquer motivo e nessas discussões eu era citado como o sibarita que não queria saber de relações normais, "como todo mundo". Claro que desde a vez em que fomos apanhados ela se negou a ter qualquer coisa comigo, ainda que fossem "relações normais". Chegou então o dia em que a gente mal se falava. Até que, uma noite, ela fez as malas e mudou-se para o apartamento de uma amiga, jornalista como ela.

— E não se viram mais?

— Fiz plantão uma semana na portaria do jornal, na esperança de convencê-la a voltar para casa. Sei que era protegida pelos colegas e que saía pelos fundos do prédio, evitando a humilhação de encontrar o sujeito barbado que se plantava na avenida Barão de Limeira com as mãos enterradas nos bolsos e um toco de cigarro na boca. Uma vez nos esbarramos sem querer na livraria de um shopping, ela pediu desculpas e em seguida perguntou como eu estava indo. Tive raiva e respondi que sentia falta de nossas farras na janela e no tanque, que não passava uma noite sem pensar nos contornos de sua bunda e na comissura de seu rabo, e que isso me fazia sofrer. Ela me chamou de grosseiro e revelou que estava namorando um sujeito decente (católico, frisou) e esperava que eu mantivesse distância. Dei-lhe os parabéns e aproveitei para desejar que o sujeito se afogasse em vinho de missa. Temendo um escândalo, ela me deu as costas e saiu.

Mais tarde, em meu quarto na Pousada Paraíso:
— Você foi sincero quando disse que sentia saudade das farras?
— Fui. E para dizer a verdade, ainda sinto. Nunca mais encontrei mulher nenhuma que demonstrasse a mesma boa vontade comigo. É verdade que não estive com muitas nos últimos tempos, mas todas me chamam de louco ou pervertido quando menciono minhas preferências.
— Mas você viaja muito. Em algum lugar deve ter encontrado alguma que concordasse.
Ri-me, vendo crescer a excitação dela.
— Como sabe que viajo muito?
Em seguida, levantando-me, dei-lhe a mão e puxei-a para a cama. Ela se deixou conduzir sem resistência. Notei que os holofotes do hotel vizinho, um prédio alto e sem estilo, acabavam de voltar suas embocaduras para as primeiras marés, e que o mar, atingido por essa verberação, ganhava uma tonalidade de prata falsa, lustrada.

4. O SARAU

No começo da leitura João Ernesto teve a ilusão de que o tom coloquial que empregava, o tom de alguém que conta uma história de vida, havia cativado para ele as boas graças do auditório. A partir da frase adulterada de Tolstoi, julgou mesmo tê-lo nas mãos. Sentiu-se aquecido por dentro e já no terceiro parágrafo estava à vontade, talvez mais do que deveria. Elevou a voz para logo em seguida adulçá-la quando se tratou de balbuciar: "Nós nunca fizemos daquele jeito, Jônatas querido, mas se você quiser posso ir buscar a pomada".

Mais que ler, buscava interpretar. Pensava: certamente subestimei a capacidade intelectiva dessas senhoras tão amáveis, todas experimentadas o bastante para terem sido um dia pressionadas contra parapeitos e janelas de folha dupla, tal como Lúcia, minha delirante personagem.

E assim prosseguiu narrando o que em geral se cala, respirando com segurança nas pausas e passando a degustar a musicalidade de certos vocábulos (a palavra biombo, por exemplo) até chegar ao ponto em que o narrador se põe a rastejar de uma ponta a outra do quarto, agarrando-se aos calcanhares da amada e escalando suas coxas por baixo da saia. "Delicadamente", leu, "com a ajuda de dois dedos clivados, avançava entre seus pentelhos e separava os grandes lábios como se separam as pétalas de uma flor". Enquanto lia, achou pela primeira vez essa imagem belíssima e muito suscetível de ricas interpretações psicanalíticas. Ademais, pareceu-lhe que a agitação que se espalhava pelas cadeiras mais jovens era uma prova de que sua linguagem tinha o poder de interferir e alterar concretamente os sentidos da platéia. As senhoras permaneciam imóveis, mas não indiferentes. As anciãs deixavam pender o beiço. Pensou que estava ali para oferecer a elas alimento espiritual, mas não lhe importava que no decurso desse banquete algumas vulvas resultassem úmidas. Dominado pelo entusiasmo, pensou em lhes dizer exatamente isso, como um comentário de rodapé, mas conteve-se a tempo.

Sendo impossível abarcar o público como um todo, e para não ficar saltitando de um rosto a outro com a inquietação de um símio, escolheu uma senhora sentada bem no centro do auditório como a expressão média da platéia. Concentrou-se nela. Era de altura mediana, usava colares sobre o vestido de gola ampla e tinha uns cabelos piramidais que com boa probabilidade haviam sido preparados para a ocasião. Mas talvez tivessem também um chá de noivado para ir em seguida, o que lhes dava um duplo motivo para se terem armado com esmero, não correndo assim o risco de gastar toda a parafina com um só defunto. Quando percebeu que João a tinha eleito a sua Ouvinte, tentou a princípio resistir aos olhares concentrados que ele lançava em sua direção, mas logo desistiu e passou a cruzar e a descruzar as pernas toda vez que a história se tornava constrangedora ou picante.

João notou que ela ficou especialmente inquieta quando ele fez ressoar na sala a seguinte sentença: "Mais de uma vez tive a certeza íntima de que minha mulher estava preparada para aceitar os termos dessa fantasia". As meninas arrulharam lá atrás. E ouviram-se risinhos abafados quando ele chegou ao clímax desse trecho, o momento em que Jônatas, atirando-se sobre Lúcia "com selvageria", quase atravessou-a com a sua "clava úmida e escaldante". A comparação que veio em seguida, a da tal clava com um círio pascal, fez a Ouvinte arquear as sobrancelhas. Seu rosto turvou-se, ficou branco, transfigurou-se. Mas lá ia João, ladeira abaixo: "Do coração dessa noite, lembro-me apenas de uma coisa inteira, que agora me vem como num sonho: ela dando-me as costas e metendo-se coleante entre meus braços, de modo a poder dobrar a cabeça para trás e me oferecer uma boca úmida e lasciva". E quando lhe ocorria afastar um instante os olhos, era para fazê-los navegar pela sala e procurar a expressão impassível da procuradora-chefe, que infelizmente se recusava a olhar para ele. Isso o remetia de volta à emblemática senhora, cuja tez pálida estava agora se tornando cinza e ameaçava escurecer ainda mais à medida que João, tendo conduzido seus dois pombinhos aos cimos de uma lavanderia, onde se daria um genuíno festim pagão, declarava ver em tudo isso uma "súbita revelação da existência de Deus".

Nesse instante a mulher não suportou mais. Ergueu-se da poltrona e deu um berro:

"Para mim, chega!"

Apanhou a bolsa e começou a se mover entre as poltronas. Estava vermelha de raiva quando se empertigou para dizer:

"Nunca ouvi tanto disparate em toda a minha vida!"

"Como?", murmurou João, apanhado de surpresa.

"Disparate, sim senhor, uma droga de história que só se vê em revista pornográfica, e o senhor acha que isso é literatura. Se eu soubesse que o clube ia ser achincalhado desse modo, não teria vindo. O senhor provavelmente imagina que escreve sobre sexo, mas saiba que há uma grande diferença entre sexo e perversão. Se ao menos o texto fosse de boa qualidade. Além disso, não vejo verossimilhança nenhuma. Ou o senhor realmente pensa que as pessoas se comportam dessa maneira?"

E voltando-se para a procuradora-chefe:

"Da próxima vez, é melhor a senhora ter mais atenção na escolha de seus convidados."

Seu timbre era rouco e estrídulo, lembrava um grasnido. Voltou a caminhar em direção à porta. O olhar da platéia acompanhou-a durante o percurso que fez da ala de poltronas até à saída, que, João reparou, era guarnecida por espesso cortinado de veludo negro. A procuradora-chefe atirou-se atrás dela. A ala jovem prorrompeu em risinhos abafados. João riu também, mas sem alarde, somente para não deixar romper-se aquele fiozinho de ariadne que se estendera entre ele e as garotas. As senhoras de meia idade, depois de um circunlóquio rápido, decidiram solidarizar-se com a colega; também se levantaram e foram saindo. No caminho cuidaram de arrastar as velhas, mas as anciãs, sem compreender bem o que se passava, tentaram resistir e permanecer no salão até que fosse servida a xícara de chá que havia sido prometida para o fim. Terminaram convencidas pelo argumento de que algo horrível estava para acontecer no auditório, uma explosão de enxofre, talvez. Levantaram-se então muito aflitas e saíram com toda a pressa que podiam, mas num passo encarquilhado que dava à cena uma vaga semelhança com um cortejo de dromedários.

5. O MAPA

Do coração dessa noite, lembro-me apenas de uma coisa inteira, que agora me vem como num sonho: ela dando-me as costas e metendo-se coleante entre meus braços, de modo a poder dobrar a cabeça para trás e me oferecer uma boca rasgada e lasciva. Fez isso várias vezes e em cada uma deixou-me como louco. Seguiu-se um frege digno das melhores estrebarias. Não creio que tenhamos dormido mais que três horas. De manhãzinha, como se tivesse meditado longamente para me dizer o que pretendia, deitou a cabeça em meu ombro e soprou-me numa orelha:

— Olha, se quiser podemos fazer daquele jeito.

— Fala sério?

Notei que a modulação de sua voz tinha se alterado durante a noite, acordando em mim antigos ecos que eu supunha já mortos. Isso me agradou, mas não pude deixar de lembrar o fato desfavorável de que nossa janela ficava no andar de cima. Não seria a mesma coisa, pois a experiência, para ser completa, requeria uma terceira pessoa, a do interlocutor inocente que passa e pára para conversar com um dos parceiros. Provinha daí justamente um dos elementos da estranha mistura de prazeres que eu costumava, no passado, extrair de tal aventura, talvez o melhor deles.

Mas isso podia ser resolvido, ela disse, embora comportasse algum risco e a coisa devesse ser feita em hora apropriada. Mais exatamente, entre sete e oito da manhã. Era o momento em que os primeiros hóspedes contornavam o prédio com suas roupas de banho debaixo do braço, caminhando em direção à lavanderia que o administrador mandara construir fora para economizar espaço no prédio principal. Sobre essa edícula ainda por acabar, com suas paredes descarnadas, havia uma espécie de terraço baixo circundado por um gradil de ferro. Uma escadinha íngreme levava até o alto. Quem se aboletasse lá em cima podia facilmente, se quisesse, tocar a cabeça de quem passava embaixo. Ao contrário da maioria dos hóspedes, que certamente jamais havia cogitado de escalar a escadinha, exceto talvez as crianças, ela me garantiu que o fazia com freqüência para isolar-se do rumor da casa e poder ler com tranqüilidade. Às vezes, com a complacência do administrador, transportava para lá uma cadeira.

Enfiou pela cabeça um vestido de alças que lhe deixava livres as omoplatas cheias, franzia na altura dos quadris e terminava frouxamente nos joelhos. Dava-lhe um ar hippie que em outra circunstância me teria desagradado, mas agora eu estava pouco ligando para isso e só imaginava se ela iria se vestir também por baixo (não se vestiu) e se eu seria capaz de dominar minha excitação no trajeto entre o quarto e a edícula.

6. O SARAU

Passada a tempestade, João retomou a leitura no ponto em que a havia interompido. O que restara da platéia veio ocupar as cadeiras mais próximas do estrado, onde antes estavam as anciãs e as senhoras de meia idade. Isto deu a João a sensação de que seu universo de leitores fiéis (havia sido preciso aquele incidente para que o encontrasse, assim pensava) acercava-se dele para o proteger e consolar da hostilidade filistina, e quem sabe para seguir a seu lado até o fim dos tempos. Não viu Tânia Mendes nem Astrid, também elas tinham debandado. Em compensação o técnico de som, que até ali havia permanecido como uma sombra na sua mesinha, veio se incorporar à assistência. Ao passar por trás do estrado para ocupar uma poltrona na primeira fila, no meio das moças, bateu no ombro de João e sussurrou-lhe qualquer coisa amistosa. Do que João pôde compreender, o técnico tinha se excitado a ponto de não saber que fazer se precisasse levantar para corrigir alguma microfonia, querendo com isso dizer que a interrupção lhe tinha sido, sob todos os pontos de vista, providencial.

Com as coisas de novo no lugar, João pôde concluir a leitura. Foi aplaudido com espalhafato. As jovens acercaram-se dele e algumas chegaram a tocá-lo com a ponta dos dedos.

Uma delas meteu-lhe um envelope no bolso do casaco, João pensou que fosse um cheque de pagamento ou algo assim. Quando sentiu essa mão roçando a sua, reagiu instantaneamente e prendeu-lhe o dedo mínimo por alguns segundos. Antes que se fosse teve tempo de vê-la pelas costas: baixa, bem proporcionada, quadris realçados pela saia justa; cabelos cortados rentes na nuca, pescoço fino; coxas fortes.

Nesse instante voltou a procuradora-chefe. Não trocaram um só olhar até o salão ficar vazio. Ela esperou o técnico de som apagar a última luz, aí travou-lhe outra vez o braço no seu jeito peculiar e arrastou João para uma sala de escritório onde havia uma escrivaninha de metal, uma lâmpada, duas cadeiras e uma estante com troféus esportivos.

A Dra. Margarida sentou-se numa cadeira e indicou-lhe outra. Em seguida tomou as mãos dele entre as suas e assumiu um ar de intenso abatimento. Seu silêncio dizia tudo. Prenunciava o escândalo que os esperava, do qual João seria o epicentro. Depois, com ar ressentido, falou da loucura que tinha sido ele ter escolhido tal texto para tal platéia. Quando se referiu à mulher que havia se levantado no meio da leitura, João perguntou quem era. A procuradora fez um gesto:

"Continue fingindo que não sabe."

"Mas não faço idéia, juro."

Era Lilibeth, a nova esposa do Diretor, ela própria escritora (ou ao menos pensava que o era). Embora soubesse que o Diretor havia se casado de novo, depois de um curto período de viuvez, João nunca os havia visto juntos. Tinha ouvido dizer que era uma mulher determinada e culta, mas cultura ali era matéria controversa. O que ninguém ignorava era que seu domínio sobre o Diretor não se limitava ao clube, do qual fora eleita presidenta, mas alcançava também vastas áreas do Instituto, como o salão de exposições, a editora e o ginásio de esportes. Agora João podia dizer que sabia também isto: que ela cruzava e descruzava as pernas com elegância afetada, seguramente para mostrar os joelhos bonitos mas, no fundo, hostis e cheios de ressentimento.

Deu de ombros:

"Bom, dane-se."

A Dra. Margarida passou a mão pelo cabelo ruim:

"Não é assim tão simples. Vamos ter sorte se não houver conseqüências."

"Que tipo de conseqüências?"

"Você não conhece Lilibeth."

7. O MAPA

NÃO CONVÉM ME estender sobre o que se passou lá em cima, naquela espécie de plataforma que mais parecia um minarete, com o sol nascendo redondo e vermelho para os lados do Continente, pois poderia alguém dizer que estou me servindo de belas palavras apenas para chegar ao baixo recurso da pornografia.

Mas estaria faltando com a verdade se omitisse que tendo ela se ajeitado contra o gradil com o *Ilitch* debaixo do nariz, e tendo eu me colocado sob a campânula de seu vestido de alças, comecei imediatamente a sugá-la com a volúpia de um bezerro debaixo do úbere da mãe; e que ali protegido pelo vestido e pelo gradil, vendo trepidar acima de mim o grande maciço de seu corpo, e ouvindo-a de vez em quando dar bom-dia a quem passava, tive a súbita revelação da existência de Deus. Foi como uma iluminação. E ainda hoje, quando me defronto com situações tão harmoniosas como esta, infelizmente raras, penso que não deveria duvidar nunca da interferência divina no plano do engendramento das coisas. Hoje estou inclinado a achar que tudo aquilo fazia parte de um grande rito propiciatório cuja finalidade era provar a existência de Deus e me reconduzir a Ele. Vejo que desperdicei a ocasião.

— Pare alguém para conversar, disse-lhe eu a certa altura, temendo que minhas forças me abandonassem e botassem tudo a perder.

— Não ainda, respondeu pressionando minha cabeça para baixo. Tenha calma e vá em frente.

E um instante depois:

— Espere. Lá vem ele.

— Quem?

— Castanho.

Girei o corpo, invertendo minha posição, de modo que agora via-lhe em primeiro plano a pêra das nádegas, depois as costas íngremes e por fim seu pescoço alado. Ela também mexeu-se um pouco para facilitar minha reacomodação no cimento cru. Desse novo ângulo sua concha parecia ainda mais úmida e mais elástica.

Tão logo pressenti a presença do administrador, dois metros abaixo do plano onde estávamos, redobrei meus esforços bucais a ponto de me doerem as mandíbulas. Eu agora usava não só a língua vulpina e meus lábios mais para beiços (no que, dizem, há prova de grande sensualidade) mas também a polpa de minha dentição quase completa (faltam-me dois molares, embora ninguém note), tal como fazia no passado. Quando, a certa altura, ela estremeceu e suspirou, receei que fosse fechar as coxas para controlar o ímpeto de meu avanço; mas não: afastou-as tanto quanto pôde num movimento de abertura de compasso, entregando-se a novas e mais radicais possibilidades de exploração. Aproveitei-me disso e passei a alternar a ação da boca com o trabalho hábil de minha mão esquerda, a sinistra, ora deslizando-a pelo seu púbis luxurioso e apanhando-o inteiro na palma em concha, ora deixando escorregar dois dedos pela cavidade sedosa.

Com tal furor dos sentidos eu não podia prestar atenção a mais nada. Notei apenas que falavam da doença de Tancredo, da nova cirurgia (a terceira) a que acabavam de submetê-lo em São Paulo, da desesperança geral etc, e que ela intercalava entre as frases um número crescente de suspiros. Talvez já fossem gemidos. Aquilo parecia agradar aos ouvidos do administrador, que logo se tornou untuoso e dirigiu o assunto para seu campo de interesse (livros). Cronin, Colette, romances franceses. Foi o ponto em que minhas gônadas começaram a doer pedindo um fim rápido para aquilo, e eu perdi a cabeça e passei a não ligar para coisa alguma, o que significa que não levei nem dez segundos para me livrar de meu calção e me encaixar debaixo dela, nu como o homem de Cro-Magnon, borduna em riste, um sátiro.

O administrador prometia levar-lhe ao quarto não sei qual volume quando ela, respondendo que sim, que levasse, terminou por se ajeitar de modo habilidoso em meu colo, como se sentasse, e acabou por deixar cair todo o peso do corpo sobre mim, fendendo-se em duas. Nunca houve nem haverá encaixe tão perfeito. Veio dela um arquejo fundo, semelhante a um uivo reprimido que não podia deixar dúvidas em ninguém. "Jesus", gemeu. Como um insano levantei meio corpo, emergi acima do gradil e pressionei seu corpo contra as barras de ferro, à maneira de quem conduz um carrinho de mão. Em seguida passei a golpeá-la por trás com rudes movimentos dos rins, já inteiramente à vista do administrador, que se petrificou na calçada, a boca franzida, mudo. Depois, como um soldadinho humilhado, virou as costas e marchou hirto para a porta dos fundos. Antes que desaparecesse, urrei e jorrei copiosamente dentro dela.

No quarto, mais tarde, as malas feitas, fumando e esperando que viessem bater à porta para nos interpelar, fiquei ouvindo-a desfiar por onde tinha andado estes anos todos, o que tinha feito e o que tinha deixado de fazer, e o que seria de sua vida dali por diante; e enquanto ouvia alisava-lhe a perna, a marca da coxa, o mapa.

8. O SARAU

Depois de uma nervosa discussão que durou uns dez minutos e meia dúzia de cigarros (a procuradora-chefe fumava muito), em que João procurava atenuar suas preocupações e a Dra. Margarida só dizia "não sei não, seu João Ernesto, não sei não", sempre acentuando os gravames do episódio, ele aceitou redigir uma carta de desculpas enquanto ela partia em busca da poderosa senhora, a potestade do Instituto.

Mal se viu sozinho lutando com a primeira frase, que é sempre a mais difícil, alguém entrou na sala e pousou de leve a mão em seu ombro. Era a garota do envelope. João ergueu-se da cadeira. Sua primeira reação foi meter a mão no bolso, apanhar o envelope e abri-lo para afinal tomar conhecimento de seu conteúdo, pois tinha-se esquecido completamente dele. (Na verdade esse esquecimento perduraria algum tempo ainda, pois com a onda de calor que se seguiu não voltou a tocar no casaco nas semanas seguintes).

Ela segurava a mão dele com a ponta dos dedos:

"É somente uma história. Pretendia ler no sarau, mas a doutora não permitiu."

"Ah, também escreve?"

"Não. Recebi estes papéis de uma amiga que namorou um colega de trabalho do autor. Jornalista. Morreu num acidente de carro."

"Quem morreu?"

"O autor, claro."

"Ah."

Ela continuava retendo a mão direita de João, como ele havia feito pouco antes com o dedo mindinho dela. Eram mãos pequenas e estavam quentes e úmidas. Com uns olhos muito abertos, esgazeados e aureolados por uma grossa camada de rímel, encarava João de frente e arfava num movimento compassado dos seios. Era mais nova do que ele havia calculado. Por cortesia, João quis saber alguma coisa mais sobre esse autor que havia morrido num acidente de autmóvel, mas ela levou um dedo a seus lábios e selou-os desse modo, como se todo o diálogo possível já estivesse contido na trama daquela tarde espantosa, na leitura do conto, na infiltração da história em seus nervos, no efeito umidificador das palavras em suas glândulas, na rebelião da platéia e na erupção do desejo em seus músculos.

"Quer ver?"

"O quê?"

"Isto."

E introduziu a mão de João sob sua saia. Com a ponta dos dedos ele reconheceu a pelagem da concha e o calor da mucosa. Experimentou o que alguém sente quando toca um animal no escuro. Ela pressionava seu corpo contra o dele e o encurralava contra a mesa. Era esperta e sabia agir. João pensou que nada tinha a perder, ou imaginou mais tarde que havia pensado assim, pois era raro que se pusesse a pensar em situações como aquela. Talvez ela quisesse demonstrar que, tal como a protagonista de "O Mapa da Austrália", também era capaz de produzir grandes quantidades de sumo. De fato estava abundantemente besuntada. João, seguindo à risca o script que a havia atraído para ele, com dois dedos curvados em forma de anzol passou a trabalhar nela como se não pretendesse ir além disso, mas no fundo sabendo que já não era dono de seus humores. Ela tombou a cabeça em seu peito e fechou os olhos. A certa altura abriu a boca. João deu-lhe o polegar da mão livre para chupar. Em seguida levantou-a por baixo, usando a mesma mão que a bolinava, e depositou-a sobre o tampo da mesa. Baixou as calças até os joelhos, dificultado pela ereção que já se afigurava tremenda, e ajeitou-se entre suas coxas. Brincou com ela um pouco na abertura da fenda, sem penetrá-la, até deixá-la com a respiração entrecortada. Ela por vezes voltava o rosto para cima, para ele, com um falso ar de censura. Mas continuava puxando-o contra si, retesando as coxas e pedindo, pedindo com os olhos.

"Cristo!", murmurou.

Estavam nisso quando se ouviram passos e viram entrar a Dra. Margarida que retornava de sua missão, pelo visto fruste, em busca da aterradora Lilibeth. Esplêndida procuradora-chefe: não levou as mãos à cabeça, não gritou, não saiu correndo. Somente ficou parada na porta, como se visse uma miragem e estivesse disposta a não se deixar enganar por ela. Disse apenas:

"Meu Deus, Iracema!"

Antes que Iracema escapasse, e compreendendo que os dedos nunca se vão sem os anéis, João tornou-se cego, surdo e mudo e penetrou-a de um só golpe, como teria feito Jônatas se Iracema tivesse entrado no seu conto. Como se lhe coubesse impedir a consumação de um crime, a Dra. Margarida avançou para ele e gritou "Não!", apanhando-o pelas ilhargas e tentando fazê-lo desgarrar-se da menina, mas Deus sabe que já era tarde. A menina gemia e soluçava ao mesmo tempo. Encarando a procuradora-chefe por cima do ombro esquerdo de João, chorava e suplicava:

"Não conte pra mamãe, tá legal?"

E repetia:

"Não conte pra mamãe!"

"Não, eu não conto," prometeu a Dra. Margarida passando-lhe com ternura a mão pelo cabelo em desalinho, já quase ignorando a presença de João ali rijamente engatado na menina, no apogeu de sua loucura e de sua desgraça.

Não há provas de que tenha sido a procuradora a contar. Talvez a própria Iracema o tenha feito. Ou talvez a potestade tenha descoberto a coisa aos poucos, pois mesmo João não guardou silêncio sobre o caso, e em certos círculos o caso se tornou célebre. De todo modo o fato sequer foi mencionado na sindicância aberta contra ele. Questão tática. Mas uma semana depois pediram-lhe o cargo. Sua agonia foi breve. "Tudo se deu com a naturalidade com que os mais profundos fossos são cavados no Instituto para que neles sejam atirados os mais insuspeitos cidadãos", João anotaria mais tarde em seu diário. Em um mês seus papéis de transferência estavam prontos e havia um lugar reservado para ele num cargueiro da Força Aérea lotado de cadetes, cujo destino era um dos postos avançados do Instituto, por sinal o mais longínquo deles, encravado no coração da reserva florestal. Fátima, sem dizer uma palavra, levou-o ao aeroporto da base no velho automóvel que ficaria para ela e não mais retornaria às mãos de João. Apesar de tudo ele embarcou cheio de calma e resignação, mas mal se viu lá em cima deixou-se dominar por antigas fobias e teve de ser acalmado pelos cadetes. Para distrair-se vestiu o casaco e ao fazê-lo deu com o envelope da filha da potestade. Rasgou a borda e retirou de dentro um maço de folhas de formulário de computador. O texto era precedido de um título formal: "Relatório de trabalho". Alguém (o próprio autor?) riscara essas palavras e escrevera mais acima, em letra de fôrma: "O anjo do Hospital de Base", evidenciando, claramente, uma intenção literária. Quase destituído de curiosidade, mas resolvido a se ocupar de algum modo, João iniciou ali mesmo a leitura, sob o olhar divertido de um cadete com cara de marsupial.

9. O ANJO

Ao descer do táxi e dar com aquele tumulto no saguão do hospital, dezenas de pessoas errando entre as câmeras de tevê e os iluminadores cujos mastros dançavam no ar como uma procissão de estandartes macabros, eu ainda tinha na cabeça a tua voz gauchesca, caro chefe, ao telefone.

— Joel, acorda!

— Malgas, porra, que tá acontecendo?

Te lembras? Na rua uma inquietação desusada, um trânsito que não dormia, coisa invulgar em Brasília mesmo para uma quinta-feira. Tu me havias resumido a situação a teu modo telegráfico: Tancredo doente, exame de urgência, Hospital de Base.

— Tem um táxi te esperando na porta.

Protestei:

— Mas eu já estava no segundo sono. Cadê o Haroldo? Te esqueceste que dobrei o turno?

E tu nem aí:

— Te vira, cara.

Me vesti às pressas, recriminando-me por ter ido para a cama sem ver o noticiário (você se mata de estresse e ainda se recrimina por ter-se entregado ao sono) e temi ter sido ultrapassado pelos fatos, como alguém que chega a uma festa quando todo o pó já foi distribuído.

Mas agora, no hospital, cruzando as caras atônitas dos coleguinhas, podia ler em seus olhos que eles sabiam tanto quanto eu, isto é, nada. Aliás, poucos tinham idéia do que realmente se passava. Damas em roupa de festa circulavam pelos corredores e espichavam o pescoço num gesto de ansiedade da qual não escapavam nem mesmo os policiais da guarda pessoal do presidente. Havia um agente postado na porta de cada elevador e dois outros bloqueando a escada. Uma freira alta e jovem passou por mim e sorriu; depois parou, voltou dois passos e lançou um olhar divertido para aqueles vestidos longos e aqueles casacos vistosos. Indagou:

— De onde vem essa gente toda?

— Das embaixadas, respondi. Das recepções que acontecem por toda a cidade. Ficaram sabendo que o presidente adoeceu e vieram para cá. É que amanhã ele toma posse, ou a Irmã não sabia?

Esta explicação de maneira alguma foi dita no tom ríspido que o estilo pode dar a entender, mas antes dum modo afável e brincalhão, porque a freira era bonita. Além do mais era como se eu brincasse com a idéia de que ela, mesmo sendo uma religiosa, não tinha o direito de viver na ignorância dos fatos; o que, a crer nos modos muito urbanos dela, não parecia ser o caso.

Reparei em suas mãos. Longas, bem feitas, saíam das dobras do hábito como pombas brancas prestes a alçar vôo. Bem tratadas demais para as mãos de uma freira. Estou certo de que ela percebeu imediatamente o meu fascínio por aquele detalhe, ou porque já estava acostumada à admiração alheia ou porque fui muito explícito em minha contemplação; e aí aconteceu uma coisa surpreendente: ela ergueu a mão direita até a altura de meu rosto e deu-me dois tapinhas na maçã esquerda, plef e plef, o que interpretei como um castigo pelo pecado que acabara de cometer, mas tão leve e tão doce que tomei a iniciativa de lhe oferecer a outra face.

Mas ela se limitou a sorrir de novo e encaminhou-se para a escada. Pensei: "Que estranho". Um dos policiais conferiu seu crachá e afastou-se para lhe dar passagem. Caí em mim: "Caramba, ela deve ser enfermeira e eu nem lhe perguntei o nome". Uma falha desagradável, um desses lapsos do intelecto que fazem você recear que está ficando velho e perdendo a arte do ofício.

Como sempre me acontece nesses casos, a coisa agiu em mim como um esporão. Depois disso, mesmo nas situações de extremo sono ou desconforto físico, passei a prestar atenção em tudo e a anotar a mais ínfima conversa. A boataria corria solta. À falta de informações detalhadas (os boletins eram exageradamete sucintos) não faltava quem especulasse que o velho sofrera um ataque cardíaco, outros que o problema fora uma violenta escalada da pressão sangüínea, e havia mesmo quem sustentasse que ele tinha levado um tiro à saída da igreja Dom Bosco, no começo da noite.

Esse blablabá era estéril e não levava a lugar nenhum. Nada daquilo estava em condição de ser publicado. Aquela gente engravatada que entrava e saía dos elevadores também não ajudava muito, exceto com uma ou outra observação subjetiva. Um deputado da Paraíba, ao descer, garantiu que o caso era de simples intoxicação alimentar, coisa a ser resolvida em poucas horas, e que o presidente receberia a faixa no horário protocolar. A posse estava marcada para as dez e meia da manhã, isto é, para dali a umas oito horas. As delegações estrangeiras não paravam de chegar, ocupavam andares inteiros nos hotéis cinco estrelas e mantinham ocupadíssimos os funcionários das embaixadas estrangeiras, o pessoal da recepção diplomática, os *maîtres* e garçons, os chofes de táxi e com maior razão os motoristas chapa-branca dos ministérios, muitos dos quais tinham salário duas vezes maior que o meu.

E mesmo depois que se oficializou a informação de que o presidente tinha tido uma crise de apendicite, acompanhada de fortes dores na região do abdome, cresceu entre nós a suspeita de que podíamos estar sendo vítimas de um daqueles fenômenos freqüentes do labirinto de espelhos que é Brasília, onde em geral se tem acesso aos reflexos da notícia mas não à notícia em si, genuína. Essa desconfiança aumentou pela manhã, quando o porta-voz desceu com cara de sono e leu um boletim que já não falava em apendicite, mas na supuração e na extração cirúrgica do divertículo de Meckel; o que, assegurava o boletim, não impedia o velho de passar muitíssimo bem, estando já em situação de caminhar pelo quarto e demonstrando até, em suas conversas com os médicos, excelente humor.

Voltei a ver a freira somente no domingo, apesar de tê-la procurado arduamente em todas as trocas de turno do hospital. Só mais tarde descobri que os funcionários haviam sido orientados a sair pela portaria dos fundos para escapar do assédio dos repórteres. Àquela altura, até a palavra de uma auxiliar de enfermagem podia valer muito. A imprensa tinha se conformado com a versão do divertículo de Meckel, acatando a "progressiva melhora" anunciada pelo boletim seguinte; mas no fundo não se compreendia bem por que, estando o presidente tão "bem disposto" e passadas quase 72 horas desde a operação, sua assessoria não tivesse providenciado uma palavrinha dele gravada, uma imagem que fosse, uma fotografia com o polegar levantado. Isso amansaria os repórteres e os carrascos das redações, além de apaziguar a população e serenar a bolsa.

Pois na noite de domingo a freira passou novamente pelo saguão e voltou a sorrir para mim. Creio mesmo que me procurou com os olhos no meio da matilha que esperava com ansiedade a reaparição do porta-voz. Ela vinha séria, ar distante e cansado, mas ao me ver abriu sob a pala do véu um sorriso que expressava resignação, tristeza e cumplicidade. Quando passou, travei-lhe atrevidamente um braço e caminhei a seu lado até o pátio. Fomos andando na contramão do pessoal que corria para o auditório com o fim de conseguir os melhores lugares. No fundo meu comportamento nada tinha de espantoso: pode-se seguir brincando indefinidamente na esteira de dois tapinhas no rosto. Bastam naturalidade e inocência. Muitas mulheres são seduzidas a partir desse artifício.

Ainda agora me pergunto se eu tinha plena consciência de minha disposição para conquistar Irmã Salete. Seguramente não, pois tudo o que eu queria era apenas tirar proveito da predileção, para mim bastante insólita, com que ela me distinguia. Lembro-me que, no pátio, o braço ainda travado no meu, perguntou se eu tinha me desinteressado dos boletins. Era a deixa que me faltava. Respondi que sim e ironizei:

— O presidente passa bem etc etc etc.

— Quer que o presidente passe mal? alfinetou, sardônica, na veia da ambigüidade que faz de cada repórter uma mistura de pombo e ave de rapina.

— Realmente não. Mas isso não me faz acreditar na sinceridade desses informes.

Seu silêncio foi um modo de concordar comigo. Depois disse: sim, os boletins não diziam a verdade; ou, ao menos, não a verdade toda. Perguntei-lhe qual era a verdade toda. Sorriu e mostrou o livrinho que trazia na mão direita, uma *Imitação de Cristo*. Disse que lia um trecho do livro pela manhã e outro à tarde para Tancredo, que era muito religioso e fazia questão de que ela entrasse na UTI e sentasse ao pé da cama dele, para ouvi-la bem e poder meditar no sentido de cada palavra.

Aquilo me pareceu extraordinário de um lado e absurdo de outro. Duvidei. Havia muitos loucos e devotos em desvairio dentro e fora do prédio. Gente em vigília permanente acendendo vela, gente entoando hinos ou estendendo faixas onde se prometia a cura de Tancredo pela via homeopática, quiropática ou tibetana. Pensei que talvez estivesse diante de um desses loucos devotos com o seu livrinho prodigioso na mão e a fantasia pessoal de que tinha acesso ao quarto andar do edifício onde, afundado numa cama, o presidente mantinha o país em estado de suspensão.

— Me pediram que mantivesse segredo, disse ela.

— Sobre o quê?

— Sobre o que se passa lá em cima, mas penso que posso lhe contar uma coisinha sem faltar com a discrição. Em todo o caso eu não lhe disse nada, está bem? Sim, você tem razão, os boletins são otimistas.

— Em que sentido?

— Por exemplo, quando dizem que se trata de um simples divertículo.

— Então não é verdade?

— Ouvi um cirurgião dizer a outro: "Isto não é divertículo coisa nenhuma. O que isto é é um tumor".

— Benigno ou maligno?

— Isso não sei. O que ouvi dizer é que o presidente teve uma parada respiratória logo depois da retirada dos aparelhos.

— Uma parada?

— Sim. Nada de muito grave, mas o suficiente para provocar correria. Sou enfermeira há dez anos e sei que a coisa está relacionada com o quadro de atelectasia que ele apresentou na sexta-feira.

— Atelec o quê?

— Atelectasia laminar de Fleischmer. Uma espécie de colapso dos alvéolos. Reduz a expansão dos pulmões e compromete o movimento respiratório.

Pergunto se posso publicar isso. Ela diz que sim, desde que não revele a fonte nem a função que exerce dentro do hospital. Digo-lhe que ignoro uma coisa e outra, exceto que duas vezes ao dia ela lê a *Imitação de Cristo* para o doente. Detalhe aliás interessante. Ela me proíbe de mencionar também isto. Temeroso de que se arrependa e decida proibir também o resto, resolvo bater em retirada e voltar para o hotel. Antes, porém, cedo a um impulso nascido não sei se do sentimento de gratidão ou dos abismos de minha libido mal disfarçada. A voz levemente rouca daquela freira, seus olhos claros, seu corpo delgado sob o hábito asséptico e sua estranha boa-vontade para comigo fizeram-me dar um passo adiante, apanhar seu rosto entre as mãos e pespegar-lhe um beijo na flor dos lábios sem traço de pintura. Um movimento espontâneo, um desses gestos que os estudantes se permitem nos pátios das escolas, não tão demorado que possa parecer intencional, nem tão rápido que pareça frivolidade. Achei engraçado que enrubescesse, e enrubesceu bem na ponta do nariz fino e delicado, para em seguida rir e balançar a cabeça como se me perdoasse um ato impensado; na verdade, como se o compreendesse.

10. NO EXÍLIO

Justiça seja feita ao Instituto, pensou João Ernesto. Ali raramente demitem alguém. Estão sempre prontos a abrir um inquérito quando se diz que um funcionário cometeu uma falta grave, ou então uma sindicância quando os chefes não sabem que decisão tomar diante de uma situação embaraçosa. Mas de algum modo cuidam de não rasgar o contrato firmado com o infeliz. O sujeito é liquidado mas fazem questão de mantê-lo por perto, para que continue a sofrer na carne o escárnio e o desprezo da corporação, enquanto dela depender para viver.

Ou então o exilavam num dos postos avançados do Instituto, que eram em número de três e formavam um triângulo geográfico que no Departamento de Imprensa chamavam ironicamente das Bermudas. Dizia-se que o posto mais atraente era o PA-3, não só por causa de sua proximidade com a reserva florestal mas também porque suas leis eram mais brandas. Os postos estavam sujeitos a categorias penais diferentes. Por razões que só o Instituto conhecia, foi para esse posto que João foi enviado.

Seus três primeiros dias no PA-3 foram de forçada vadiagem. Deram-lhe uma escrivaninha e uma cadeira para sentar, mas nada para fazer. Passava as horas observando o trabalho dos novos colegas, vendo-os meter papéis em pastas alfa-zeta para em seguida retirá-los de lá, substituindo-os por outros. Durante algum tempo o destino desses papéis constituiu para João um mistério, mas ele não demorou a descobrir que iam para uma espécie de arquivo central, de onde, com o correr dos anos, saíam para ser incinerados. Então outros papéis eram produzidos, fichados, substituídos e incinerados. E assim por diante.

Uma manhã João foi chamado ao escritório da Administração.

"Li seu processo", disse o intendente.

E em seguida:

"Vai prestar serviços na gráfica."

João achou uma deferência ser mandado para um setor que levava em conta, numa certa medida, suas qualificações. Mas por alguma obscura razão bateu os calcanhares antes de responder:

"Às suas ordens, senhor intendente."

O sujeito pareceu não se importar, ou realmente não se deu conta da insolência. A partir desse dia João passou a gostar dele. Era um homem tolerante e até culto. Fechou um livro contábil e disse que ia mostrar a João o lugar onde trabalharia. Por uma trilha aberta na relva entre os galpões, conduziu-o até a gráfica para lhe passar as instruções que julgava necessárias. De todos os lados, à distância, viam-se pastagens e alguns tratores rasgando a terra. Rente aos edifícios, jardineiros cuidavam do gramado. Tinha chovido de madrugada e a relva brilhava ao sol das dez. A reserva começava logo ali, compacta, úmida e pouco convidativa.

"Vamos entrar", disse o intendente fazendo correr nos trilhos uma grande porta de madeira. Ficaram parados na entrada por um momento, até que os olhos bovinos e claros do homem se acostumaram à obscuridade. Só então é que encontrou o interruptor e uma luz amarelada inundou o galpão. "Não venho aqui há um bocado de tempo", disse..

A gráfica era uma velha oficina de prelo desativada havia anos. Desde que a haviam comprado com dinheiro público de uma pequena editora de livros técnicos de São Paulo, nunca mais funcionou. Fora trazida numa carreta pela estrada lamacenta e agora estava alojada num galpão que antes havia sido uma estrebaria.

Quando viu as duas prensas tomadas por teias de aranha, como se um grande véu as cobrisse, o contentamento de João arrefeceu. Cuidou de explicar ao intendente que sua declaração, anotada no prontuário de entrada, de que entendia da confecção de impressos não queria absolutamente dizer que dominava as técnicas de impressão. E ainda mais considerando-se que aquele era um equipamento antigo, bem anterior ao offset, ao fotolito e ao computador, dos quais tampouco se podia dizer que compreendesse grande coisa.

"Não se preocupe", disse o intendente. "O Instituto está para nos mandar um gráfico muito bom, que na matriz se envolveu com atividades sindicais. Ele vai colocar o equipamento para funcionar. Quanto a você, sua tarefa será outra."

"Qual?"

"Escrever o que a gráfica vai imprimir."

"E o que a gráfica vai imprimir?"

"Aquilo que o Instituto achar conveniente."

"E o que é conveniente para o Instituto?"

O intendente deu de ombros, riu:

"Bom, isso nunca se sabe."

Mas em seguida:

"Com certeza nada muito diferente do que estava acostumado a fazer. O que era mesmo, boletins, não é? Bom, nesse caso você vai escrever boletins para a sede do Instituto e para o pessoal dos postos avançados. Você conhece essa gente e sabe o que dizer a eles."

João pensou naquelas pessoas que antes tinham feito parte de sua vida, mas que estavam agora a centenas de quilômetros, e sem querer pensou nelas como ratos aprisionados em caixinhas, a quem era preciso dirigir mensagens de estímulo. Como pequenos choques elétricos. Era difícil entender que para elas, ou ao menos para as que tinham sido informadas de seu paradeiro, ele é que estava na situação de confinado. Mas também era verdade que o campo, os largos horizontes, a cor flambada do crepúsculo e o cheiro que a terra amarela exalava sob a chuva davam ao espírito uma agradável sensação que só muito depois o cansaço transformaria em tédio. Mas tudo se achava ainda em seus começos e por enquanto ele estava gostando do sentimento de suspensão de todas as preocupações do passado, o casamento em pedaços, as ambições não satisfeitas e a sensação asfixiante de que caminhava a passos largos para chegar a lugar nenhum.

Assim pensava.

11. O ANJO

NA SEGUNDA-FEIRA, por causa de um atraso de duas horas nos vôos da ponte aérea, os jornais de São Paulo chegaram tarde em Brasília. Mais tarde ainda, quase meio-dia, pousaram no balcão da recepção do Hospital de Base, uma vez que os entregadores de jornais almoçavam às onze e não valia a pena sacrificá-los por tão pouco. A essa hora o porta-voz já tinha descido e lido o boletim médico. Falava em "expressiva melhora". Confrontado com o boletim da noite anterior, onde se disse que Tancredo andava pelo quarto e demonstrava excelente humor, o desta manhã pretendia que o paciente não só havia superado o pós-operatório como sua ferida tinha cicatrizado e já não havia nele qualquer sinal de febre ou infecção, além do que a mão presidencial comichava de prazer ao assinar papéis. Exaustos, os jornalistas ouviram aquilo com ceticismo e saíram para fumar, comentando entre si que seria melhor que fosse tudo verdade, pois assim eles poderiam voltar logo à merda diária, que pelo menos era mais variada.

Mas quando puseram os olhos na manchete do meu jornal, que em tudo desmentia o prato frio que eles tinham servido, tornaram-se belicosos e passaram a me dirigir olhares de uma ambigüidade ameaçadora. Ressentimento e surpresa, caro

Malgas, era o que eu via neles. Não há qualquer lei na profissão que mande você socializar as informações entre os colegas, ao menos não antes de sua publicação; mas a contigüidade das pessoas no saguão ou no auditório, quase sempre as mesmas, todo mundo dividindo ali ansiedades, histórias e experiências pessoais, creio que isso deu a elas a sensação de que ninguém atraiçoaria ninguém, sendo o furo, naquela circunstância, coisa impensável.

Eu lhes havia demonstrado que não era. A primeira reação, indignada, veio do quarto andar. Dois médicos, em termos estranhamente cautelosos (quando deveriam estar furibundos), vieram transmitir o descontentamento da família com a "exploração inapropriada" do assunto. Disseram que a insatisfação da equipe e dos Neves seria levada à direção do meu jornal. Eu estaria intranqüilizando o país. Além disso, não citara fontes. Fechei-me em copas sobre isso e devolvi-lhes perguntas pertinentes: a quanto estava a taxa de leucócitos? por que, se estava tão bem, o presidente não saía à sacada para ser visto e fotografado? Os médicos se foram um tanto perturbados e isso por um momento me deu a impressão de que, como na brincadeira, era eu quem estava mais perto do biscoitinho queimado.

Claro, alguns coleguinhas feridos em seus brios faziam coro com a versão oficial e até a melhoravam. Um deles me disse em tom de represália: "Olha, soube de fonte segura que o homem já está despachando no quarto". Mas despachando o quê, santo Deus, se a faixa presidencial já cruzava o peito de outro? Observei que se instalava no saguão uma atmosfera de guerra fria. Eu trouxera a cizânia mas também uma brusca mudança de comportamento. Alguns repórteres, até então gregários, começaram a soltar-se e houve mesmo quem tentasse furar o bloqueio da escada. De repente descobriu-se que havia ali uma história que não bastava acompanhar. Era preciso também investigar.

Mas, e se eu estivesse errado? Estremeci quando desceu um ministro de Estado, depois de supostamente ter conversado com o doente, e deu como certo que Tancredo assumiria em cinco dias. A canalha ainda estava à volta dele, farfalhante, quando vi Irmã Salete escapar para o pátio com passadas de gazela nova. Saltei à frente dela:

— Falar com você.

— Que quer?

Arredia.

— Você entra em bar?

— Por quê?

— Te ofereço um café.

Entrava em bar, aceitava o café, desde que fora do raio de visão do hospital. A notícia fizera furor lá em cima. Ser vista comigo se tornara perigoso. Desconfiavam dela. Puxei-a para um táxi e escolhi uma lanchonete distante dali, perto de um gramado onde haviam armado uma grande lona cônica em que se lia: Circo Tasmânia. Para minha surpresa ela pediu um conhaque. Depois outro e mais outro. Quando estava na quinta taça começou a rir um riso profano (para não dizer que ria como uma mundana) e aí tive medo. Tive medo de ter embarcado em canoa furada. Perguntei onde ficava seu convento. Respondeu que não morava em convento nenhum, não por ora, pois a Ordem a tinha despachado em missão de acompanhamento espiritual.

— De quem?

— Do Dr. Tancredo, de quem mais podia ser?

— Por que a Ordem deveria se preocupar com o Dr. Tancredo?

— O Dr. Tancredo é um homem muito religioso. Além disso ajudou a reformar nossa capela.

— A Ordem acha que ele vai morrer, para ele precisar de acompanhamento espiritual?

— Se morrer, disse ela, não será antes da Paixão.

Ora, pensei, trata-se de um sacrifício. Ela está antecipando o martírio do homem. Toma-o pelo Cordeiro. Talvez seja louca. E ao vê-la brincar com a cruz de ferro que trazia no peito, sobre o hábito, notei que deixara entreaberto um botão, o último, por cuja frincha escapava uma nesga de carne amorenada e (suspeitei) tisnada pelo sol. Tomei aquilo como uma senha, um sinal, senti o sangue afluir e não fiz nenhum esforço para ocultar minha excitação. Ela percebeu e sorriu, vincando de leve o canto esquerdo da boca.

Para não perdê-la de vista, e também porque me pareceu que estava embriagada, ofereci-me para deixá-la onde preferisse. Ela disse que desejava somente tomar um banho e dormir. Explicou que ocupava temporariamente o apartamento funcional de um irmão que trabalhava nas Relações Exteriores. Esse irmão passava um ano em Tóquio a convite do escritório central da Universidade das Nações Unidas. Adido cultural. Ótimo, eu disse, deixo você lá e se quiser posso até lhe fazer companhia.

Recebi de volta uma gargalhada, mas no fim deu-me o braço. Não é fácil contar esse tipo de coisa, caro Malgas. Tive formação religiosa na infância, na adolescência ainda freqüentava a sacristia. Taubaté, calculem. Uma freira não tinha a autoridade sacralizada dos padres, mas deveria ter, a exemplo deles, o sexo seco. Andorinhas assexuadas. Depois veio a fase dos filmes pornográficos, de que até hoje gosto, vez por outra protagonizados por freiras tempestuosas e belas. Mas tudo isto era imaginação desregrada de cineastas ratês. As freiras raramente são belas. Tempestuosas, talvez. Só faltava entender por que é que se metiam em prédios sinistros e mal arejados. Nunca um daqueles filmes tinha suscitado em mim qualquer desejo de saltar muros de conventos. Não seria preciso, como se vê.

Mas vamos devagar. Imagina-me aboletado num sofazinho de forro de camurça enquanto ela desaparece lá para os fundos do apartamento funcional do irmão, e então ouço o chuveiro chiar, levanto-me e vou dar uma olhada nas estantes. Livros sobre fisioterapia e teoria da motricidade humana. Não fazia sentido, eu esperava compêndios de direito romano e filosofia do direito. Mas que importa? Na gaveta de uma escrivaninha, que abri sem fazer ruído, encontrei uma folha escrita pela metade, em tinta verde, numa letra arredondada e firme. Uma caneta de ponta porosa repousava ao lado. Parecia ser o fragmento de uma carta. Talvez um rascunho perdido, mas a letra era seguramente feminina. O assunto também. Consegui ler um parágrafo antes de empurrar a gaveta com precipitação, pois nesse instante a eletricidade piscou e um estrondo veio lá dos fundos, seguido de um gritinho assustado e de um abrir repentino de porta. Enrolada numa toalha, os cabelos molhados e os ombros salpicados de xampu, Irmã Salate acabava de saltar para o corredor. Corri em direção ao banheiro. A fiação crepitava e finas espirais de fumaça subiam da borracha queimada. Enquanto fechava a água e interrompia a tempestade de faíscas, pensei comigo, rindo por dentro, que aquilo parecia mesmo o roteiro de um filme pornô, com todas as suas casualidades inventadas e pretextos facilitados. Talvez devesse escrevê-lo e ajudar assim a reanimar o cinema nacional, que, como se sabe, está morto desde Mário Peixoto.

Eis o parágrafo.

"Daquela noite tépida eu me lembro de duas coisas, além, naturalmente, do contato macio dos lençóis. Uma é o perfume que vinha do jardim, das damas-da-noite que se escondiam na escuridão, porque você mandava apagar as luzes externas por medida de economia (as contribuições tinham escasseado naquela época, lembra-se?). Depois você me disse aquela coisa belíssima que jamais vou esquecer: que o orgasmo é uma espécie de oração feita com o corpo, com as entranhas do corpo, porque ambas as coisas podem ser feitas com os lábios e levam a êxtase semelhante. Esta é a segunda lembrança daquela noite."

Tu não ias acreditar, cético Malgas, porque tua inclinação é duvidar sempre. Estou disposto a esquecer a perseguição que sempre moveste contra mim, escalando-me para trabalhos espinhosos e pouco compensadores. Dou de barato até mesmo minha demissão, da qual foste a mola propulsora. Mas não te perdôo o teres começado a duvidar de meus informes. Por isso sei que não vais acreditar também agora, quando te digo que naquela mesma tarde iniciei com Salete um tráfico inusual em mais de um sentido: primeiro porque não é comum que alguém tome uma religiosa por amante; segundo, porque ela se recusava terminantemente a se deixar possuir pela frente, mas somente a boroeste, sob o argumento de que sua virgindade pertencia a Jesus Cristo.

Como aconteceu? Ora, como sempre acontece quando duas pessoas se encontram, atônitas, num corredor de apartamento e descobrem que se o acaso as juntou ali é porque não deveriam estar em nenhum outro lugar, acredite-se ou não em sortilégios. Simplesmente eu lhe estendi a mão e arrastei-a para o sofá, sem dizer nada. Sentei a seu lado. Em seguida a libertei da toalha e comecei a me ocupar dela. Não me sinto no direito de entrar em detalhes, exceto no que concerne a seus suspiros, recriminações e até mesmo uma oração que ela se pôs a recitar entre lamentos, o rosto coberto pela voluta de um braço, enquanto eu a adulçava e preparava-a para ser sodomizada.

Mais de uma vez interrompi esses preparativos, não por pudor ou repentina crise de consciência, mas apenas para ver como ela soerguia a cabeça avantajada e torcia o rosto para trás, voltando para mim uns olhos injetados. Deu-me vontade de atormentá-la:

— Você mentiu para mim, não foi? Nunca esteve no quarto de Tancredo!

— Meu querido, não acho que tenha de lhe provar coisa alguma.

— Então diga a quanto está a taxa de leucócitos.

— Dezoito mil.

Mais tarde:

— Não vai me dizer que assistiu pessoalmente à cirurgia.

— Não, mas vi quando entraram com Tancredo na sala.

— Quantos eram?

— Uns vinte e cinco, talvez trinta.

— Trinta? É possível tanta gente numa sala de operação?

— Bom, há quem diga que isso pode ter facilitado o tráfego de moléstias.

Interrompi para anotar. Ela sentou-se novamente, cruzou as pernas e esperou, falando. Disse o que sabia: que desde o início foi tudo uma grande trapalhada, que Tancredo continuava preso a uma sonda gástrica e que o enigma agora era um foco infeccioso que não se localizava. Para complicar, o intestino se recusava a funcionar. Os médicos já não se entendiam e corria o boato de que a família autorizara a vinda de uma junta de especialistas. Ao ouvir isso, meu primeiro impulso foi voar para o hospital. Temi que durante minha ausência o porta-voz tivesse descido para anunciar solenemente o que Irmã Salete me dizia de pernas cruzadas, enquanto eu lhe tocava o bibiu com a ponta de dois dedos. Mas me contive e mandei que ela vestisse o hábito, sem cuidar, contudo, da roupa de baixo. Ela compreendeu e se dirigiu para o quarto. Fui atrás. Vi logo uma penteadeira de espelho grande. Mal esperei que a túnica lhe entrasse pelo pescoço e escorresse até os joelhos. Tomei-a pelas ilhargas e levantei-lhe o pano até os rins, sentindo deliciosamente a barra de brim pousar em minha verga, que espevitou-se e a penetrou num golpe de dois estágios (ou três, se bem me lembro). O espelho devolveu a cena de estábulo e só faltei relinchar, excitado ao limite. Para deter um pouco a marcha da volúpia pensei naquele verso de Jorge de Lima, "A garupa da vaca era palustre e bela", que dizem ser um dos mais belos da língua. Empalada, ela se pôs a contorcer a espinha (ou a garupa) como um animal que tivesse a cabeça enterrada no feno.

    Rezava.

12. NO EXÍLIO

Nos dias seguintes João tratou de ocupar seu tempo fazendo uma faxina em regra no galpão. Bem que o intendente tentou demovê-lo, alegando que aquilo era obrigação do pessoal da limpeza, mas João convenceu-o com o argumento de que um pouco de trabalho braçal lhe faria bem. Para não contrariá-lo de todo aceitou a ajuda de uma mocinha que lhe foi enviada com um bilhete que estranhamente imitava um telegrama. Dizia: "Gráfico a caminho. Necessário pressa. Santinha eficiente".

"Como se chama?", João perguntou-lhe quando ela se apresentou diante dele, pequena, rosto índio.

"Edvirges", respondeu, "mas todo mundo aqui me chama de Santa."

João sorriu:

"E você é santa mesmo?"

Riu, debochada, e perguntou o que continha o bilhete. João compreendeu que era analfabeta. Mais tarde compreendeu também outras coisas a seu respeito: que era filha de um almoxarife que havia sido transferido para o PA-1, o mais austero dos três postos avançados, por desvio de mercadoria; que tinha permanecido no PA-3 por achar que isso podia constituir uma vantagem; que se considerava funcionária de carreira e gostava de um dinheirinho extra, não tendo qualquer escrúpulo em obtê-lo da maneira que lhe parecesse a mais conveniente, exceto roubando. De fato, João teve de censurá-la asperamente no dia em que a encontrou arquejando debaixo de um enorme cozinheiro negro, ambos nus sobre a cama que ele armara num canto do galpão, para ler sossegado quando tivesse vontade. (Também tinha começado a rabiscar apontamentos numa caderneta). O cozinheiro mostrou-se espantado com a sua ira e por fim, dando de ombros, disse que João estava no direito dele. E saiu. Para vingar-se, João resolveu tratar Santinha como uma prostituta, embora isto ferisse seus sentimentos de cavalheiro. Surpreendeu-se com a docilidade dela. Só depois percebeu que nada havia de excepcional em seu comportamento e que as regras morais tais como eram consideradas no Instituto, tomando-se o Instituto como parte do mundo civilizado, tinham perdido seu significado neste lugar de exílio entre as montanhas. Era ainda o Instituto mas não era mais o Instituto. O que na matriz era protegido por véus espessos aqui se fazia às claras, numa atmosfera que não se podia dizer dissoluta, tampouco inocente, mas neutra.

Compreendeu tudo isso na tarde em que passeava pelo campo na companhia do intendente (tinham descoberto seu apreço comum por romances policiais) e viram dois rapazes em atitude pouco ortodoxa nas pedras da cachoeira; na verdade, beijavam-se. Como se nada visse, o intendente ignorou o fato e continuou pausadamente a dizer por que gostava menos de Hammett que daquele suíço, como se diz mesmo, Dürrenmatt.

Achando a atitude do intendente semelhante ao dar de ombros do cozinheiro, João resolveu espicaçá-lo:

"Na matriz aquilo não seria um atentado ao pudor?"

A resposta foi seca:

"Pode ser, mas não pretendo me transformar em delegado de costumes."

"É mesmo?"

O intendente resolveu desabafar:

"Minhas funções já me dão bastante trabalho. Tenho de ser administrador e chefe de pessoal ao mesmo tempo. Com freqüência sou também psicólogo, mas sem ganhar um único centavo por essa carga extra. Não vou tutelar essas pessoas no meio do mato. Eu próprio vivo no temor de perder a cabeça. Que façam o seu trabalho já é bastante para mim. Deixei isso bem claro à Diretoria. Eles sabem que não faço questão nenhuma de permanecer aqui. Sou funcionário de carreira e bem que gostaria de me reunir a minha mulher e meus filhos, que estão separados de mim por cem léguas de distância. Aliás, meu compromisso era ficar cinco anos; já estou há dez."

"Nesse caso, por que ainda não foi removido?"

"Por lealdade para com o Instituto. Eles imploram, eu vou ficando. E também porque me convinha ficar, por causa da gratificação de mérito, compreende, embora ache que me convém cada vez menos. Os diretores de Divisão parece que se petrificaram em seus cargos. Quando me enviaram para cá, o Instituto prometeu que eu voltaria no lugar do primeiro que se aposentasse, mas isto só depois de cumprir o qüinqüênio. Pois bem, todas as diretorias, com exceção da do Dr. Camacho, tiveram o capricho de se renovar nos primeiros três anos desse maldito qüinqüênio, quando o meu compromisso ainda ia pela metade. Outros foram empossados no meu lugar, claro, e são todos muito mais jovens que eu. E quanto ao Dr. Camacho, já deu prova suficiente de que só vai entregar os pontos com a compulsória. E sabe quanto falta? Doze anos!"

Suspirou:

"Doze anos é o tempo dos trabalhos de Hércules!"

João logo viu que ele sabia pouco dos trabalhos de Hércules, que eram doze mas duraram bem uma eternidade. Mas achou melhor não corrigi-lo para se aproveitar de sua insatisfação e induzi-lo a falar mal do Instituto. Assim como a injustiça contra ele não parecia ter justificativa razoável, disse-lhe João, tampouco compreendia a razão de seu expurgo pessoal. Por ter feito a leitura pública de um conto? E o mais absurdo: fora mandado justamente para este posto, onde havia completa liberdade de costumes. O intendente não se deixou levar por sua lábia:

"Suponho que julgaram sua atitude intencional."

Julgaram? João quis conhecer sua opinião pessoal sobre o assunto.

"Minha opinião não importância", respondeu o intendente.

"Digamos que a opinião do Instituto..."

"O Instituto não tem opinião. Tudo depende de quem julga. E quem julga vai dizer, a certa altura, se o delito está no campo da ética, da moral ou em outro campo qualquer. Pornografia, não é mesmo? Mas não vamos tergiversar. O que importa é que houve uma sindicância, não houve? e, se não me engano, você foi ouvido."

Certamente que tinha sido ouvido. No começo levara um pouco na brincadeira as perguntas do procurador-assistente, até descobrir que não só as senhoras de meia idade haviam deposto contra ele mas também, uma a uma, as jovens que ele supunha o seu regimento de vanguarda. Soube mais tarde que houve um único depoimento a seu favor, o do técnico de som. Se um dia puder fazer uma visita ao PA-2, para onde o mandaram, pensou, não vou perder a oportunidade de lhe apresentar minha gratidão.

"Seja como for", disse João, "não compreendo seu ponto de vista sobre esse negócio de pornografia."

O intendente sorriu constrangido:

"O ponto de vista não é meu."

"Tá bom. Mas o que quer dizer com intencional?"

"O desejo de chocar, de ofender."

"Chocar? Ofender? Francamente, isso me espanta."

O intendente fez silêncio.

"Não vai me dizer", continuou João, "que falta intencionalidade a esses caras que agorinha mesmo se beijavam na boca ali na cachoeira. Vá lá saber o que estão fazendo a esta hora. E suponho que ninguém vai relatar isso aos procuradores, hein. Aposto que não vai haver nenhuma sindicância sobre isso."

"Aí está. Você disse tudo: há uma grande diferença entre fazer e relatar. Eles fazem, você se atreve a descrever. Espero que não cometa a imprudência de..."

João tranqüilizou-o. Tinha jurado a si mesmo (e a seus demônios) não voltar a escrever coisa alguma (exceto, certamente, o diário) enquanto continuasse à sombra do Instituto. Simplesmente já não podia suportar a idéia de que entre a compulsão de escrever e a obrigação de calar preferisse a covardia diária ante o medo pânico de vir a passar privações sem o contracheque do fim do mês. Sabia não possuir a têmpera daqueles assinalados que ao contrário dele teriam preferido morrer de fome a ter de passar oito horas num escritório refrigerado. Como tantas vezes já se disse entre os iniciados, a Deusa é caprichosa e exige entrega. Para não fustigá-la, então calava-se.

13. O ANJO

Um século atrás, caro Malgas, eu poderia ter começado este parágrafo com uma frase lapidar e simples: "A partir desse dia tomei Salete por amante". Mas não seria verdade. A amante, para o ser, requer espaço, tempo e paciência. Ora, não tivemos nem uma coisa nem outra. Talvez o mais apropriado seja dizer aquilo que se diz de alguém que conheceu outra pessoa no transcorrer, digamos, de um simpósio sobre novas mídias e durante duas noites dividiu com ela seu quarto de hotel. Diz-se que tiveram um caso ou, de preferência, não se diz nada. Acredite, é melhor não dizer nada.

E se tomo a liberdade de contar o que nos aconteceu em Brasília, nestes dias em que Irmã Salete chegava fatigada do hospital e me encontrava estirado em sua cama fumando um cigarro atrás do outro, é porque estou certo de que ela gostaria que eu o fizesse. Por que tenho tanta certeza disso? Ela me dizia banalidades do tipo: "Joel, querido, minha vida daria um romance". Ou então: "Quando eu voltar para o convento e me entregar de novo à contemplação, vou me lembrar que ajudei você a escrever um pedacinho da história do Brasil". Para mim estava claro que ela queria perdurar de alguma forma num relato qualquer, ainda que numa história sórdida e sem piedade cristã. Como esta.

E havia o lance das cartas. Depois de se deixar possuir ela vestia um quimono de cetim (presente do irmão, disse), acomodava-se na escrivaninha da saleta e punha-se a escrever cartas. Não permitia que me aproximasse. Dizia que passava sua vida a limpo escrevendo a pessoas de que gostava e a outras que nem tanto. Perguntei-lhe que pessoas eram essas. Respondeu que justo naquele momento escrevia a alguém de que gostava muito: Irmã Corazón. Compreendi que se tratava da destinatária do fragmento que eu havia encontrado na gaveta.

Uma tarde, provoquei-a:

— Acha mesmo que o orgasmo é uma espécie de oração feita com o corpo?

Me olhou de viés:

— Bandido!

Justifiquei-me:

— Eu não seria quem sou se não fosse um bisbilhoteiro sem escrúpulos.

Ruborizada, amassou a página que escrevia, fez uma bolinha e atirou-a contra mim. Apanhei a bolinha no ar, desamassei-a e comecei a ler alto o que nela estava escrito. Isto: "E desde então, queria Irmã, venho me aplicando em aprender tudo aquilo que não sei, ou que não tive ocasião de saber, ainda que o tenha desejado durante toda a vida".

— Sabe de uma coisa? disse-lhe. Acho que escreve muito bem.

Sarcástica:

— Acha que posso chegar a ser uma nova Santa Teresinha?
— De Jesus?
— De Ávila.

— Nunca li, mas tenho certeza que sim. Pode ir mais longe, se quiser. Aposto que a santa não teve um décimo da experiência que você tem. Me refiro ao êxtase duplo, você sabe, o da oração e o do orgasmo. Achei isso tremendamente profundo e verdadeiro. E depois, você não parece amordaçada por esse negócio de pecado. Se está livre de tabus, seu estilo também está, compreende?

Não sou escritor, nunca pretendi ser, mas de algum modo eu sabia do que falava. Li os manuais do *new journalism*. E como li também o *Kama Sutra* e alguma coisa do genial Marquês, acerquei-me de sua cadeira como quem avalia um móvel antigo e precioso (embora fosse apenas uma modesta cadeira de escritório), estudando sua construção e seus encaixes, o assento abaulado onde repousavam suas nádegas, o estofo do encosto com um grande vão por onde vazava o cóccix; e lhe disse no ouvido: "O estilo pode ser simples, mas a originalidade é tudo". E colocando-me por trás dela, comecei por lhe puxar o quimono até os joelhos. Em seguida, fazendo-o deslizar por baixo de suas coxas, trouxe-o até a altura dos rins. Ela compreendeu e deixou pender a cabeça para trás, oferecendo-me sua boca larga e macia. Enquanto eu a beijava, deixei pender o braço direito até o vão da cadeira e procurei com a mão em concha a boca inferior, encontrando-a logo entre tufos de uma vegetação furiosa, com seus grandes gomos entreabertos e aveludados, seja por causa da posição em que seu corpo se achava, seja porque ela o forçava para baixo, tensa. Sem interromper o beijo, introduzi lentamente dois dedos através da cavidade sumarenta, depressa descobrindo que ela não era virgem como dizia.

— Que há com os médicos?

Respondeu de um modo entrecortado, como se temesse que eu parasse.

— Não se entendem.

— O que acontece?

— Ontem bateram boca no corredor da UTI.

— Por quê?

— O grupo de fora acha que houve imperícia.

— De que tipo?

— Encontraram a costura desfeita. Houve uma obstrução intestinal.

— Um erro cirúrgico?

— O pessoal da casa garante que não. Eles dizem: "Uma intercorrência". O certo é que isso obrigou a equipe de fora a refazer tudo. Tiveram de desdobrar a alça intestinal e colocar tudo no lugar certo. Tiveram também de lavar sete metros de intestino. Tudo infectado.

Interrompi para anotar. Em seguida me despi sem pressa, atrás dela, de pé no meio da sala. Parecia evidente que ela agia segundo um código de barganha. Dava-me informações na medida em que eu lhe dava prazer. Era bastante razoável, não é um comércio novo e tem dado certo desde o começo do mundo. Eu estava disposto a lhe fornecer o que pedia.

— Isso me parece mais uma guerra de estrelas, comentei.

— E é. A coisa se agravou depois que um dos figurões de São Paulo passou a dar entrevistas.

— Sei. O Pavão.

Ajoelhei-me às suas costas. Depois de contemplar por um instante a paisagem de suas nádegas distendidas, como uma pêra fendida ao meio, passei a brincar com ela fingindo penetrá-la mas introduzindo apenas a glande e retirando-a logo em seguida. Fiz isso repetidamente até que ela suplicou que parasse, ou melhor, que a penetrasse de vez. "Como nos filmes", pensei, notando que ela perdia o fôlego e sua respiração rangia como se sofresse de apnéia. "Jesus", suspirou e estendeu seus longos braços para trás, como um crucificado que buscasse se estreitar ao madeiro a que estava preso por um único e grande prego, e desejasse ser atravessado por esse prego. Suas mãos estavam frias, o que era surpreendente, pois ela parecia escaldar a ponto de quase perder os sentidos. Puxava-me contra si e contra a cadeira. Excitado e cheio de maldade cristã, não suportei mais e projetei violentamente o corpo para a frente, entrando nela de um só golpe. Ela gritou e crispou a mão direita, cravando as unhas em minha coxa esquerda. Depois de me certificar de que estava bem encaixada e presa, apanhei a cadeira pelos braços e ergui-a devagar enquanto eu próprio me punha de pé. Por um momento sustive-a no ar como uma condessa em sua liteira. Mas era evidente que essa situação não podia continuar por muito tempo mais, pois a tendência era que seu peso aumentasse e nos projetasse para a frente, acabando por nos levar ao chão. Perigosamente dancei com ela pela sala, tratando de alcançar uma base qualquer onde depositar a cadeira e, nela, a condessa. Terminei por encontrar o sofá, e com sério risco de estragar o forro de camurça, baixei a cadeira e mantive-a ali sentada tal como estava antes, aprisionada ao espaldar de lona e fortemente retesada para trás. Nessa posição, sem que houvesse me desconectado dela, golpeei-a rudemente durante três minutos. Ela suava em bicas. Minha coxa sangrava, mas eu não sentia dor.

14. NO EXÍLIO

João pensava naquele contrato lúgubre que assinara consigo mesmo, tendo por testemunha alguns demônios galhofeiros, quando passaram diante da torre e uma janela se abriu e fechou-se em seguida. A cabeça de um homem apareceu por um instante, lanosa, vermelha e pouco amistosa. O intendente suspirou:

"O Coronel Sidnei."

"Que faz um coronel por estas bandas", perguntou João Ernesto.

"Está aqui há cinco anos e ainda não consegui me aproximar dele. Portanto não sei realmente quem é. Mas sempre lhe dispensei o melhor tratamento. A única vez que ouvi dele um agradecimento foi quando pediu para habitar a torre e instalar nela uma oficina de restauro de livros. Mandou vir móveis e fez reformas com dinheiro do próprio bolso. Aquilo era um moinho abandonado. Dizem que é rico."

"Como veio parar no posto?"

"Só o que sei é que não pertence aos quadros do Instituto. Mas não há dúvida de que tem amigos influentes na matriz. Advogados, quero dizer. Cometeu uma contravenção grave, isto é certo. O processo não me foi enviado."

"Por quê?"

"Somente me disseram: abrigue esse homem, faça o que puder para amenizar o sofrimento dele. Só não deixe ele abandonar o Posto. Nunca foi preciso me preocupar com isso, o indivíduo não parece nem um pouco interessado em fugir. Só uma vez tentou atear fogo à torre. Tem bebido, infelizmente, e às vezes perde o juízo. Mas desde que passou a se dedicar à restauração de documentos tem prestado um excelente serviço à nossa biblioteca. Na verdade, mal põe os pés para fora da torre."

Então havia uma biblioteca no posto. E havia um homem envolto em mistério, que restaurava livros e não falava com ninguém. De sua parte, João não tinha intenção de incomodá-lo. Desejava apenas o silêncio das noites no galpão e os préstimos de Edvirges. Acabou por confessar ao intendente, para provocá-lo, que por duas ou três vezes tinham saído pelo campo, ele e Santinha, sob a lua, e feito sexo como animais contra os troncos das árvores baixas à beira do riacho. O intendente limitou-se a bater a manzorra em seu ombro, como se lhe dissesse: "Meu chapa, não me interessa".

Nunca havia experimentado tanta liberdade, e isso o estava deixando confuso. A liberdade não é assunto fácil de administrar. Talvez fosse esta a lição que o Instituto queria lhe dar: se quer farelo, que se farte de vez, mas nunca mais beberá da água pura da matriz. Por vezes se lembrava de seu namoro tempestuoso e sexualizado com Fátima, quando se engalfinhavam a um palmo do nariz do pai dela, atrás de portas, na varanda, no quintal. Mas havia regras, e se eram violadas, não era com o consentimento da casa. Aqui, ao contrário...

Naquela tarde, justamente, chegou uma carta. Foi à administração apanhá-la. Abriu-a diante do intendente, que fumava uma cigarrilha acobreada recostado numa cadeira de ripas.

Na carta Fátima se queixava de solidão, de pavores noturnos e de falta de dinheiro. Dizia que o novo governo, para salvar o país, havia confiscado o pequeno saldo de sua conta bancária e que seus próprios patrões declaravam estar no zero. Quanto a isto de solidão, era uma queixa permanente dela, mesmo quando estava a seu lado. Mas imaginou-a sozinha no apartamento pequeno e sombrio em que tinham vivido durante cinco anos, com venezianas dando para o paredão do prédio vizinho, e teve pena. Ela perguntava quando é que ele voltaria.

João transferiu a pergunta ao intendente, lendo alto para ele o trecho da carta que tinha achado mais pungente. O intendente disse:

"Boas relações não atrapalham."

"Se boas relações valessem de alguma coisa", respondeu, "não teriam me mandado para cá."

O intendente baforou para o teto:

"Bom, lá isso é."

Tornou a baforar. Já não parecia tão descontente com sua situação. Talvez eu tenha lhe fornecido o termo de comparação de que precisava, pensou João vendo-o abrir um dos processos que estavam sobre sua mesa, o último do topo. Correu à última folha, encarou intensamente João Ernesto e fingiu comiseração.

"Acaba de chegar pelo malote aéreo, sabe, com instruções para ser incorporada a seu processo."

"Já sei, vão me demitir."

O intendente mascou a ponta da cigarrilha.

"Não. Sabem que ainda pode ser útil. Mas suspendem alguns de seus benefícios, como é de praxe nesses casos. Licenças-prêmio, qüinqüênios e outras vantagens do estatuto. Sinceramente, lamento."

"Querem que me demita, mas não vou fazer isso."

"Ah, e retiraram também sua gratificação de mérito."

Que, por sinal, correspondia a dois terços de seus vencimentos. Ao ouvir isso João decidiu que a partir dali se tornaria insensível a tudo o que dissesse respeito ao dinheiro, à carreira e a seu futuro no serviço público (que a essa altura lhe parecia nulo) até que tivesse ocasião de pôr em pratos limpos suas relações com o Instituto. Se pensava em vingança, não era nada consciente. Aliás, sentia sono. Tudo o que sentia era sono. Sempre que se percebia encurralado, geralmente era salvo por uma grossa camada de sono. Corpo amolecido, deixou o escritório, fez com dificuldade o caminho até a gráfica, entrou, deitou-se. Dormiu imediatamente.

15. O ANJO

Devo resumir para terminar, caro Malgas, porque nem a mim nem a ti interessa que esta história já velha se arraste para além da arrogância de teus patrões, que sabemos centenária. No dia em que finalmente foi distribuída uma fotografia falsamente tranqüilizadora, onde um Tancredo sério, em robe de chambre, posava ao lado da mulher e de quatro médicos que exibiam um largo sorriso de esculápios, eu era o único a saber que o presidente tinha sido arrastado para lá em cadeira de rodas. Claro que notifiquei o jornal sobre isso, mas publicaram? Já então se armava contra mim, nos bastidores dessa (desculpe) redação de escroques, a rede da perfídia e da dúvida. Sei que houve telefonemas, arranjos, conveniências. Meus informes eram trocados por notícias otimistas (já então havias colocado alguém nos meus calcanhares) enquanto o velho sofria uma grave hemorragia digestiva, os esculápios entravam em pânico e tratavam de providenciar sua transferência para São Paulo. Também disso eu sabia em detalhes muito antes de acontecer, sabia que às 6h25 do dia seguinte colocariam o velho numa maca e o meteriam na barriga de um Boeing, como um Jonas que só emergiria triturado, mas de que me adiantava saber todas essas coisas se não me levavam a sério? Eu já estava demitido, tinha acabado de receber teu bilhete azul pelo telex, estava atordoado, confuso, a caminho da indiferença e além disso bêbado.

Também estava ficando doente porque fazia 12 horas que não via Salete. Receava que a enfiassem junto no Boeing com a sua *Imitação de Cristo* e já me via, quase sem dinheiro, suado e sujo, socavado num ônibus para São Paulo, cidade que me deprime. Não me perguntes se estava apaixonado por ela. Não estava. O que eu sentia era outra coisa: a atração do abismo. Sei que a expressão é prosaica e me estraga a frase, mas não estou preocupado com literatura. Isto é apenas o relatório que eu te devia e que espero seja distribuído entre as chefias e dele se faça bom uso. Se quiseres, publica-o.

Mas espera. Antes que o avião taxiasse para decolar fui duas vezes ao apartamento de Salete e ela não estava lá. Imagina que eram altíssimas horas. Telefonei várias vezes de uma cabine que tem perto do hospital, discava e via a chuva miudinha peneirar no asfalto tristonho, enquanto o telefone tocava até a ficha ser devolvida. Então me deixei ficar por ali, nas imediações do saguão, até amanhecer, quando saíram com a maca e um coral abriu alas cantando o Magnificat. Ela não estava no cortejo. Eu estava tão cansado que resolvi não me incorporar ao fragor da passagem do cortejo, nem seguir com ele até o aeroporto, pois muitas coisas me diziam que eu já nada tinha a ver com aquilo. Então, tangido pela ressaca e pela fadiga, tomei um táxi e no hotel tive a grata surpresa de saber que a conta não tinha ainda sido fechada, talvez por esquecimento do jornal, talvez por indulgência tua. Dormi até às duas da tarde. Acordei e liguei a televisão. Passavam e reprisavam a chegada do Boeing a São Paulo, o desembarque da maca, o lento deslocamento da ambulância em direção ao Instituto do

Coração, a expressão incrédula das pessoas imobilizadas no calçamento. Era como se tudo acontecesse num lugar distante e remoto (a Tasmânia, por exemplo) e nada daquilo tivesse importância para mim. De fato, eu tinha decidido que aquela história não tinha relação comigo. Era um assunto dos tasmanianos.

Ainda uma coisa: durante o sono, sonhei com Salete. Sei que é insólito meter sonhos num relatório de trabalho mas, meu caro, tudo é insólito nesta terra de sonhos. Lembro-me que perguntei a ela:

— Como vai o velho?

E ela respondeu:

— Perdido.

— Morre logo?

— Em dois, três dias.

Estava arrasada por não ter sido incluída no vôo que levaria o velho a São Paulo. Em seu estado de torpor e indiferença, Tancredo já não estava mais interessado em leituras de cabeceira. Os médicos tinham-se aproveitado disso para livrar-se dela. Sua revolta era visível e voltava-se também contra o doente, que ela agora desejava que morresse, para que o caminho fosse desobstruído e as pessoas seguissem adiante, e em paz.

— Preciso dormir, ela disse no sonho.

— Acompanho você.

— Não. Além de dormir preciso também trocar de pele.

— Está se descartando de mim?

— Absolutamente. Só quero um tempo. Me procura daqui a uns dez anos, tá legal?

Conto-te este estranho sonho, para mim ainda tão vívido, porque o que se seguiu foi como que a continuidade dele. Eu já me vestia para ir novamente atrás dela quando toca o telefone do quarto. Ela está na portaria. Mando subir. Abro-lhe a porta. Ela aparece fresca, lavada, traja um alegre vestido civil de alças. Pergunto-lhe pelo hábito branco, ela mostra a bagagem de mão, diz que vai viajar e pergunta se não quero acompanhá-la.

— Ao aeroporto?

— Aonde quiser.

— Se ainda me restasse algum dinheiro, embarcava com você sem perguntar para onde.

— E seu trabalho?

Com a barba por fazer, meti os polegares nas axilas e fiz um movimento de asas, dando a entender que agora flanava. Ela sorriu, parecendo muito segura de si. Parecia também muito distante de todo o nosso passado comum, o pesadelo do hospital, a agonia de Tancredo, a atmosfera onírica do apartamento do irmão. Tão segura que disse que eu podia acompanhá-la, sim, se quisesse. Ela bancava.

— Para onde? perguntei.

— Você disse que não importava.

Pensei um pouco, respondi:

— Não importa mesmo.

E em seguida:

— Não importa nem um pouco.

16. NO EXÍLIO

JOÃO ACORDOU EMPAPADO de suor. Ainda era dia. Tinha saído de um sonho dentro do qual possuía uma mulher que durante o ato se transformara numa novilha. Lembrava-se de que seu prazer havia duplicado após essa transmutação, e de que havia sido censurado por isso. Excitado, tentava explicar a uma autoridade agrária que era preciso possuir a novilha para que ela recuperasse sua condição humana. A última claridade da tarde alvejava a oficina com um sem número de setas diáfanas. Só aí João reparou que Edvirges se achava no galpão fazendo a limpeza dos armários. Alegrou-se com sua presença e aproximou-se dela por trás com o fim premeditado de enlaçá-la pela cintura e possuí-la ali mesmo, contra o aço de alguma prensa, sem dizer nada. Como esperava, ela mostrou-se dócil como a bezerra do sonho e até voltou o rosto para trás para que fosse beijada. João apertou-a contra o armário, metendo-lhe a mão por baixo e puxando-lhe a calcinha até os joelhos. Com um pé terminou a operação. Já se ajeitava dentro dela quando, desequilibrada pelos safanões, ela tratou de amparar-se como podia num dos gavetões superiores e esbarrou a mão num feixe de papéis velhos. A coisa veio abaixo numa nuvem de pó.

"Deixa ver", disse-lhe.

Sem desgarrar-se de Edvirges, que teria permanecido naquela posição aracnídea, crucificada contra o armário, enquanto ele assim o desejasse, compreendeu imediatamente que se tratava de uma narrativa, um datilograma, um enredo cujo título já deixava entrever o estilo desenxabido e pretensamente original do diluidor: "A marreca". Não era de espantar, pensou, sendo este um país de escrevinhadores. Havia-os até na selva. Teve raiva disso, porque recordava sua própria situação encalacrada e o encerrava na masmorra das ilusões perdidas. Para descarregar sua ira, despejou em Edvirges toda a violência de seu sonho e de sua frustração, possuindo-a como a uma novilha no curral.

"Berra", mandou.

Obediente, Edvirges começou a berrar baixinho.

17. A MARRECA

Uma semana antes de viajar para ver seu pai, que tinha adoecido de uma febre misteriosa em Minas, pousou em minha escrivaninha um desses envelopes zebrados de selos e carimbos. Dentro havia umas folhas datilografadas, coisa com todo o ar de eructação pessoal rabiscada às pressas, a ponto de o autor não ter se preocupado em passá-las a limpo. Mesmo assim, pareceu-me que eram dignas de aparecer no *Monitor* daquele mês.

Levei a história a João Luz (Luz & Torres Cia.), que achou nela duas ou três impropriedades léxicas, um excesso de coincidências, e pior, um fartum sexual que não condizia com a linha do mensário. E era longa demais para a nossa revistinha.

— Mas o ruim mesmo são as coincidências, disse João Luz. Nosso público não é avesso à literatura de imaginação, mas prefere ler coisas em que as partes funcionem com certa exatidão matemática.

A Luz & Torres se dedicava basicamente a editar livros técnicos, que eram consumidos por essa classe de pequenos empregados dos escritórios e das fábricas que acham que serão salvos pela literatura técnica. Os principais negócios da casa eram fechados pelo reembolso postal. Isto significava que a editora não conseguira ainda ser levada a sério pela gente especializada que compra livros técnicos em quantidade para depois revendê-los a alunos dos cursos profissionalizantes ou a aprendizes de oficinas. Em meio à densa barragem de manuais, guias de usuário e catálogos que eram embalados e expedidos de um galpão nos fundos, uns cinco por cento do ativo da editora voltava-se para a edição de adaptações condensadas de clássicos e coletâneas de contos populares selecionados entre aqueles que o *Monitor* estampava todo mês em suas páginas. Era nessa estreita faixa que eu atuava, feliz por me manter distante das agitadas salas da divisão técnica, de onde meus colegas me olhavam com o ar superior de quem move o mundo, o olhar das pessoas práticas. *O Monitor* era a expressão desse universo de conflitos latentes, sendo ele próprio um catálogo recheado de artiguetes, conselhos técnicos e admoestações profissionais, restando ao conto do mês a condição de brinde chistoso ou piada moral.

Mais tarde eu voltaria a pensar naquelas coincidências como sendo uma premonição do que me sucederia nos dias seguintes. E, é claro, se fosse levar a sério os preceitos do *Monitor* eu teria de expurgar todas elas deste relato, que no entanto é apenas a descrição rigorosa do que me aconteceu durante aquela acidentada viagem a Minas.

Pensando bem, teria de expurgar ainda mais, já que Tancredo Neves agonizava num hospital da cidade e aqui meu relato se entrelaça noutro plexo de justaposições inaceitáveis para a literatura séria, quanto mais para a história real. Pois que leitor acreditaria no conto fantasioso de um presidente que cai doente no dia anterior a sua posse e escolhe para morrer justamente a data do enforcamento do herói nacional, Tiradentes, nascidos ambos, aliás, na mesma cidade? Eis aí uma outra história que apesar de rudemente verdadeira seria vetada pelo João Luz. Coincidências demais.

No dia seguinte à morte de Tancredo eu trafegava por uma rua próxima do Hospital do Coração, onde velavam o corpo, quando um carro emparelhou com o meu e uma voz de mulher gritou meu nome pelo vidro abaixado:

— Abel!

Por causa da fumaça dos escapamentos e da verberação do sol nas cromagens demorei a reconhecer Márcia Maria, a repórter d'*O Estado*. Respondi que ia bem e, enquanto o sinal não abria, continuamos a conversar. Disse-lhe que tinha tirado uma semana de folga e que viajaria aquela noite para Minas. Pensei em acrescentar que estava indo ver meu pai, que ia ver meu pai depois de um afastamento de quinze anos, mas essa informação me pareceu excessiva e calei-me. Márcia falou que ia render um colega que passara a noite no saguão do hospital, "atrás dos fatos". Traduzi o que ela queria dizer: "escrevendo a história pátria". Agora que o colega ia descansar, cabia a ela continuar essa interminável escritura, uma vez que os jornalistas, muito antes dos historiadores, são os cães farejadores da história. É verdade que farejam a carne sem especificar sua qualidade, mas só o fato de localizarem o açougue já é uma grande coisa. E Márcia, parecia-me, estava orgulhosa disso.

Mas em seguida, sem transição, ela disse:

— Estive com Vitória.

E acrescentou onde a tinha visto: numa loja do Centro, experimentando um vestido de festa. Como eu não esboçasse reação, pois havia decidido não falar com ninguém a respeito de minha ex-mulher, ela disse à queima-roupa, num tom não destituído de maldade:

— Suponho que sabe que vai se casar.

Fingi ignorância:

— Ah, é? E com quem?

— Com Beraldo.

— Beraldo, o publicitário?

— Não. Beraldo Fortuna, o professor. Nosso professor de ética, não se lembra? O "Paizão".

Ah, sim, o Paizão, aquele que refutava nossos argumentos com a seguinte frase: "Eu podia ser seu pai". Eu sabia e andava em luta com essa novidade havia dois dias, tentando dominar meu ressentimento e sofrer o menos possível, mas que viessem futucar minha ferida no meio da rua era a última coisa de que precisava.

Mais tarde, em Belo Horizonte, a meio caminho das terras de meu pai, vi a moça que se parecia de um modo espantoso com Vitória. Ainda hoje, sem encontrar uma resposta plausível, eu me faço perguntas do tipo: o que me fez parar na capital quando podia seguir adiante e pernoitar em Campos Altos, ou até mesmo, de lá, se calhasse, seguir para Cachoeirinha no mesmo dia? Por que, entre tantas pensões familiares que proliferam no centro de BH, fui procurar justamente aquela, a Pensão Alterosa, no bairro de Padre Eustáquio? E por que, entre os hóspedes de aspecto fugidio que chegavam e se embrenhavam nos quartos, eu haveria de fazer cruzar meu caminho justamente com o dela?

Lembro-me do instante em que, do alto da escada, lancei um olhar para o refeitório e tive um choque ao descobri-la curvada sobre um prato de sopa, a duas mesas do velho Rubião, um hóspede cativo da casa, a quem chamavam Doutor. Todo mundo ali era desconhecido para mim, exceto Rubião e a patroa, se é que se pode chamar conhecido a alguém que se viu duas ou três vezes entre o almoço e a janta. Mas com o Doutor eu havia trocado mais de uma palavra, e foi ele quem me deu, pouco mais tarde, a primeira dica sobre a moça:

— Parece que paulista.

Astuto, com acesso fácil ao livro de hóspedes, antes da sobremesa ele já estava em condição de me oferecer um pequeno dossiê a respeito. Paulista, sim, tinha chegado três dias antes, uma cara tristinha de fazer dó. Perguntada, explicou que se entristecia por causa da morte de Tancredo, ao que o Doutor, brincalhão, asseverou-lhe que não valia a pena chorar a morte de raposas políticas. Ela respondeu, ofendida, que chorava a morte do Brasil.

— Imagine, cochichou-me Rubião.

— Se bem que, observei a favor dela, o chororô é geral.

— Porque o povo é besta, seu Abel. A menina, coitadinha, tem lá o seu idealismo. Compreendo isso. Mas os jovens de hoje se deixam levar pela televisão.

Enquanto eu o ouvia desfiar sua teoria de que Tancredo jamais seria o que o povo esperava dele, e que ele, Rubião, homem curtido em escritórios do governo, sabia muito bem disso, acompanhei a silhueta da moça cruzando o salão em direção à escada. Os tênis altos, pressionando o madeirame, davam-lhe um ar aprumado de gazela nova, os cabelos apanhados na nuca, o jeans apertadíssimo realçando-lhe as ancas robustas. Se minha ex-mulher tivesse tido uma irmã, comentei com o Doutor, não seria outra senão essa. Claro que Vitória devia ser alguns anos mais velha, mas o biotipo longilíneo, a cabeça vigorosa, os olhos claros e sonolentos, o queixo forte e o traço dos zigomas eram os mesmos.

— Ah, então é isso, boquiabriu-se Rubião. Pensei que fosse um interesse circunstancial. Eu, no meu tempo...

E passou a me confidenciar coisas de sua juventude, do tempo em que o governo o mandava fazer levantamentos topométricos aonde o diabo perdeu as botas — "as botas, mas não os chifres", riu baixinho. Mas em seguida admitiu, sério, que agora o fogo tinha se apagado, ou quase, sua mulher estava doente e não saía mais do quarto, ele próprio tendo de levar a comida para ela na cama e dá-la na boca.

Lamentei e prometi ir visitá-la qualquer hora.

— Ora, não se incomode. Quando parte?

— Amanhã mesmo.

— Pois não se incomode.

18. DIÁRIO DO EXÍLIO

BOA E DÓCIL EDVIRGES. Apareceu hoje acompanhada de uma funcionária da lavanderia, Marta, que entrou tímida e saiu gárrula. Apelidei-a logo Quindim, por vestir uma saia creme, folgada e curta, e uma malha colada ao busto, branca, que deixava livres as omoplatas cheias. Do meu trapiche, onde permaneci estirado toda a tarde, sem camisa e ainda assim suando em bicas, engendrei a fantasia de que Marta, de pernas cruzadas à minha frente, nada trazia por baixo. Como ela houvesse aceitado o vinho que mandei Santinha lhe servir, e como experimentasse um estado de euforia progressivo, avancei um pé nu (o direito) para a dobra de suas coxas e com o dedão tentei alcançar a virilha. Ela assustou-se e no movimento brusco que fez entreabriu as pernas e desmentiu minha expectativa. Vislumbrei ao fundo uma pequenina peça negra. Em seguida levantou-se de um salto, acercou-se da cama onde eu estava, espargiu o resto de seu vinho num ponto determinado de minhas calças. Riu, debochada, e abandonou o galpão. Surpreso, mas tremendamente excitado, voltei-me para Edvirges e a atirei de bruços no colchão.

O intendente veio me ver. Começou por elogiar a limpeza do galpão. Sentado em meu trapiche, eu tomava apontamentos. Ele apontou a caderneta e perguntou o que era. Respondi que uma espécie de diário de campo, e que o incluiria nele, se não se importasse. "Por que haveria de me importar?", respondeu, hesitante. E revelou a razão de sua visita: era para me comunicar que o gráfico chega na semana que vem. Finalmente teremos alguma ação por aqui. Em seguida falamos um pouco de Simenon e ele se foi mordendo a sua cigarrilha.

Quindim reapareceu, trazida por Edvirges. Jogamos cartas altas horas. Depois de uma trinca feliz, obriguei Santinha a se despir da cintura para cima, o que ela fez puxando a camisa por cima da cabeça, prêmio por uma aposta inocente. Se perdesse, teria de desfilar de cueca diante delas, o que aliás faria com prazer. Ganhando, titilei-lhe um mamilo com a ponta da língua, sob o riso cacarejante de Santinha.

Acrobata. Quindim quer me fazer crer que trabalhou num circo. Exijo provas. Não tem. Uma demonstração. Recusa-se. A safadinha está ficando cheia de presença de espírito. Mas é divertida e sabe ajudar a matar o tempo.

Uma das vantagens dos armários como parapeito para o amor (especialmente se for um armário grande o bastante para nele caberem com folga duas pessoas e talvez até uma terceira) é que, correndo-se nos trilhos uma de suas portas emperradas, e depois de meter lá dentro a cabeça, em seguida os membros superiores e por fim os inferiores, pode-se deparar subitamente com os volumes alinhados da obra completa de Albert

Camus ou de Oswald de Andrade, ou quem sabe, para fins menos pios, as *Analecta Bollandiana*.

Assim foi que tendo empurrado Edvirges contra o abismo de um desses armários, ela acabou por chafurdar a cara num monturo de papéis velhos alojados no fundo do móvel. "Dê cá isso", disse eu afastando-a com um vigoroso tapa na anca (não sem antes gozar dentro dela com a volúpia de um nelore) e passei a me ocupar dessa minha outra obsessão que são as manifestações esquecidas do espírito. Ajo sempre como se no fundo de cada baú pudesse haver um novo *O guardador de rebanhos*.

Os papéis encontrados no armário. Trinta ou quarenta números de uma revistinha técnica fuleira, impressa em papel ordinário e dedicada à difusão da ciência eletrônica. As traças fizeram aqui um bom trabalho. O prato de resistência do primeiro número é um extenso trololó sobre a leitura de códigos de barras. Há uma seção permanente do tipo faça você mesmo, onde se ensina a construir aparelhos de rádio, controles remotos por feixe de luz, caixas acústicas e coisas do gênero. Estava a ponto de atirar tudo no lixo quando finalmente dei com a razão da familiaridade que me inspirava o nome da revisteca, desenhado em letras de macarrão sobre a capinha amarela: *O Monitor Técnico*. Meu Deus, pensei, isto é talqual o magazine de que fala Abel no seu conto "A marreca"! Não faltava nem mesmo a história de vida publicada nas páginas centrais, uma concessão às belas letras, em geral o relato da experiência pessoal de algum leitor ou colaborador, fosse ou não do ramo técnico.

Corri ao quadro de colaboradores e tive um arrepio ao constatar que era editada pela firma Luz & Torres, de São

Paulo. Entre os nomes arrolados no expediente não demorei a descobrir, no time de redatores, o de um certo Abel Rúbio Ferreira. Não parece haver dúvida de que se trata do narrador do conto encontrado no gavetão e que nesse caso Abel, João Luz, a Marreca, o Dr. Rubião e toda aquela gente difusa terminam por ser pessoas reais ou, no mínimo, fruto real da imaginação de seu autor e protagonista.

Achei que devia partilhar minha descoberta com o intendente. Ele não se impressionou. Se a gráfica foi comprada dessa gente, disse, em regime de porteira fechada, por que estranhar que junto viessem tais detritos?

Nada do gráfico.

19. A MARRECA

NÃO ME INCOMODEI, subi para o quarto, abri a mala sobre a cama. Da janela vi que armavam no terreno em frente uma grande lona azul em forma de pião, onde se podia ler, ao comprido, o seguinte: Circo Tasmânia. Entre as dobras do pijama emergiu, para minha surpresa, o envelope com os originais do sr. Lucas Fonseca (era este o nome do autor). Com certeza, na pressa, eu o metera ali. Somente não compreendia de que modo aquilo poderia ter acontecido, pois eu havia feito a mala com toda a calma no apartamento e, por princípio, não costumo carregar papéis do escritório para casa. Teria agora o trabalho de ir a uma agência dos correios e despachá-lo o mais depressa possível, se não quisesse ter atrás de mim, pelo resto da viagem, esse vil testemunho de minha rotina de trabalho. Prometi-me fazer isso logo de manhã.

Estirado na cama, comecei a escrever mentalmente ao sr. Lucas. "Prezado Senhor, lamento informar que, sem deixar de reconhecer os méritos de seu relato 'A Fotografia', ela não se ajusta aos propósitos de nossa publicação". Começaria explicando que era matéria muito longa para constar no *Monitor*, embora, por outro lado, fosse curta demais para compor um volume. Agarrando-me a essa desculpa, e para não ficar na formalidade de quatro linhas secas, esticaria uma sugestão: "Por que o sr. não escreve mais duas ou três histórias tão boas quanto esta? Isto é, se houver duas ou três mulheres tão interessantes quanto a misteriosa de Iguape". Acrescentaria um post scriptum instigando-o a prosseguir na busca do paradeiro da desconhecida.

E nisso pensando, quase com raiva de mim por estar sempre às voltas com histórias improváveis e autores inverossímeis, acendi o abajur e reli algumas linhas ao acaso. Era a história de alguém (ao que parecia, o próprio sr. Lucas) que tendo recebido pelo correio, em envelope anônimo, uma fotografia em que aparecia ao lado de uma mulher jovem, não conseguia se lembrar nem da mulher nem da circunstância em que a foto fora batida. E o mais cruciante: nem onde nem quando. Descobria assim que, por uma razão qualquer, uma parte de sua vida lhe estava interdita. Nas páginas seguintes o conto dramatizava o esforço do protagonista em dissipar as trevas desse período.

Não sei até que ponto prossegui com a leitura. Sei que as pálpebras me pesavam e que lá fora ventava e chovia. Acabei dormindo com o feixe de folhas sobre o peito.

Agora me pergunto se a perseguição rafeira que me fez, Minas adentro, a história do sr. Lucas não era parte daquela trama universal que une arbitrariamente os fios das histórias pessoais, tecendo o enredo de todas as comédias e tragédias humanas. João Luz diria que não e que, nesse caso, era melhor trabalhar com a hipótese de simples coincidência. Mas deixa para lá.

Circunstâncias preparadas pelo acaso me puseram de pé, aos sobressaltos, umas duas horas mais tarde. A luz do abajur caía diretamente em meu rosto e eu sonhava com a mulher da fotografia. Tinha-a visto rindo ao pé de um sabugueiro, contente por ter pregado uma peça ao sr. Lucas. Nesse instante acordei com o vento pressionando as aletas da persiana. Tive a impressão de ter ouvido um grito, depois o ruído de um catre sendo arrastado. Um raio estalou bem perto. A chuva aumentou de volume e no telhado pipocava o granizo.

Saí de pijama para o corredor, quase ao tempo de ver abrir-se uma porta ao lado da minha. No retângulo de luz apareceu uma garota em roupa de dormir, nem alta nem magra, os joelhos de fora. Quando me acostumei à luz cambiante reconheci a moça que se parecia com Vitória. Ao colocar-se sob o foco da lâmpada, vi que não era tão nova: dei-lhe uns trinta (o que prova que também não era velha). Constrangida, desculpando-se, disse que tinha pensado que um raio houvesse atingido a casa. E agora as goteiras não a deixavam dormir. A questão era que, sendo tão tarde, ela não sabia o que fazer. Sugeri batermos à porta da patroa para exigir acomodações secas.

Ela ficou em dúvida se era correto ou não acordar a patroa àquela hora. Apontei as poças d'água no assoalho:

— Você pagou a velha com dinheiro molhado?

Joelhos redondos e bonitos. Riu e pude constatar que seus dentes também eram bons. Era assim que meu pai fazia quando comprava éguas reprodutoras dos roceiros de Campestre: avaliava-as pelos dentes. Estávamos a caminho do quarto da patroa quando a própria, atraída pelo barulho, apareceu na ponta do corredor. Arrastava uns chinelões de couro. Disse:

— Sim, já sei, o quarto sete.

E explicou que a noite passada havia sido o seis. Amanhã provavelmente será o oito, disse. Arruma-se de um lado, desarruma-se de outro. Mas ela sabia que cedo ou tarde teria de trocar o telhado todo. Por ora só podia pedir desculpas aos hóspedes. Era rezar para que a água não alcançasse os aposentos do Dr. Rubião, sua esposa acamada não podia com a umidade, sem contar que tinha um gênio do cão. Quanto ao Dr. Rubião propriamente, tratava-se dum cavalheiro.

João Luz queira ou não, certas coisas acontecem. Inspecionávamos o quarto da moça quando o meu recente amigo apareceu em carne e osso no quadrado da porta, em pijama de flanela.

— O sete agora, hein, disse num tom de quem conhecia o problema.

— A água está caminhando para os fundos, Doutor. Amanhã inunda o quarto da Alemoa.

— Talvez sim, talvez não. O que há é um bolsão no forro. Já mandou verificar a caixa d'água?

De repente descobriu a moça ali ao pé dele, seminua, os braços em cruz sobre o peito. Tornou-se melífluo: ofereceria com prazer o seu "apartamento", não estivesse com a doente lá dentro.

— A não ser, senhorita, que não se importe de fazer companhia a uma inválida.

A moça agradeceu de um modo que me pareceu ligeiramente cômico, isto é, fazendo um biquinho para mim. E vendo que o distinto cavalheiro captava nossos olhares cruzados, porque eu já olhava para ela com indisfarçável interesse, ouvia ponderar ao velho que se aceitasse ele é que ficaria ao desabrigo. Rubião vislumbrou com estoicismo uma pequena área seca no ângulo esquerdo do quarto.

— Bom, eu me ajeitaria.

Protestei:

— Não, nada disso. O certo é dar à moça um quarto sem goteiras. E sem prejuízo de ninguém. Afinal alguém aqui está hospedado de graça?

Não sei de onde me saiu tanta brusquidão. Notei o carão chocado do Doutor e o ar apalermado da patroa. Era possível que eu tivesse quebrado uma das velhas regras da civilidade mineira, aquela que, dizem, deu origem à diplomacia. Encolhida num canto, a moça continuava me olhando com seu biquinho cúmplice. Sem dúvida, estudava-me.

Passou-me então pela cabeça que o Dr. Rubião, na impossibilidade conjugal de trocar sua cama enxuta pela exígua ilha do quarto avariado, insinuava que eu devia assumir suas prerrogativas de cavalheiro da noite. Antes que o impulso da educação me abandonasse, ofereci meus aposentos à deleitável vizinha.

Para a patroa, foi um alívio. Para o Dr. Rubião, uma vitória do espírito — o dele, naturalmente. Aproveitando que a coisa estava resolvida, e talvez temendo que eu voltasse atrás, ambos se retiraram depressinha e em sentido oposto. Agora eu tinha a deleitável diante de mim, seus joelhos oblongos muito juntos, muda.

— Não é justo, murmurou.

— Não é justo por quê?

— O senhor também está de viagem. Deve estar cansado.

Os olhos talvez fossem até mais vivos e mais interessantes que os de Vitória.

— Que nada. Injustiça é você ficar aí que nem marreca na lagoa. Além disso não tem outra saída. Ou tem?

Ela riu e me olhou de viés, não sei se por causa desse negócio de marreca, se pela insinuação contida na pergunta. E continuou rindo mesmo quando baixei um olhar atrevido até o rasgo de seu *baby doll*, lá onde aflorava o corte do umbiguinho, raso como seda. Achei que não estava me saindo mal. Fui em frente:

— Solução diferente só tem uma, mas não sei se lhe interessa.

Amaciei a voz, baixei alguns decibéis, disparei:

— É dividir comigo a cama que acabo de lhe oferecer. Não é lá muito larga, mas nós também não somos gordos.

Se ela viu em mim o dândi ou o cafajeste, não sei. E por não saber fiquei desconcertado com a gargalhada que ela deu em seguida, quase um grito de valquíria. Temi que a patroa e o distinto cavalheiro voltassem para ver o que era. Mas ninguém tornou a aparecer e ela continuou rindo ainda um pouco, agora num tom baixo de alcova, o que não era mau prenúncio. Pensei que talvez fosse meio doida, ou então doidivanas, que é a forma mais branda de loucura que há. Mas depois ficou séria e me perguntou se eu lhe fazia semelhante proposta apenas porque a achava parecida com minha ex-mulher.

— Quem lhe disse isso?

Ela fez que não ouviu:

— Pois se é essa a razão, meu caro, então você deve voltar correndo para ela.

Era um conselho e tanto, especialmente vindo de uma desconhecida. Assumindo um ar de sujeito vivido e trágico, suspirei:

— Ela se casa na semana que vem.

— Coitadinho, ela disse me despenteando o cabelo. Como é mesmo o nome dela?

Refleti sobre minha conversa com o cretino do Rubião:

— Imagino que lhe tenham dito também isso.

— Disseram, mas esqueci.

— A propósito, ainda não me disse o seu.

Aí ela propôs a brincadeira de inventarmos os nomes um do outro, cada um chamando o outro pelo nome que quisesse, só para ver como é que a gente se comportava com nomes estranhos. E mal percebeu que ao propor uma coisa dessas aceitava o clima de sedução, predispunha-se ao jogo da experiência, como quem escolhe sua sorte num baile de máscaras. Mas não lhe dei tempo de pensar em nome nenhum (na verdade, nesse história não se conhecerá o seu verdadeiro nome), pois logo tratei de arrastá-la para a cama.

Quando procuro me lembrar dessa noite, ela me vem aos pedaços. O aguilhão do sono represado e da vigília, crestado no fogo do delírio, deve ter-me aberto buracos na memória (quem sabe não foi isto o que aconteceu ao sr. Lucas?). Depois, eu não estava prevenido para considerar essa noite mais importante que outras, pois tinha experimentado muitas no último ano, desde minha separação. Mas me recordo bem deste ou daquele movimento de coxa no ar, um naco róseo de carne rija sob a pressão de meus dedos, eu agindo com o estertor de uma perfuratriz, ela cobrindo os olhos com um braço no momento do estremeção, como se o prazer fosse incompatível com a luz; a outra mão me arranhando a espinha. "Marreca, Marreca!", eu grunhia com o nariz afundado em sua massa de cabelos lisos e sedosos como os de Vitória. Até o perfume que usava pareceu-me que era o mesmo.

20. DIÁRIO DO EXÍLIO

Refletindo na situação insólita que me persegue desde meu exílio neste posto avançado ou mesmo antes, começo a imaginar se não fui apanhado na mesma teia de coincidências que afetou tão profundamente a vida de Abel. Com este argumento cabalístico consegui que o intendente me permitisse folhear o processo da compra da gráfica. Ele próprio o localizou na barafunda que é o Arquivo Central. Logo na segunda folha encontrei um parecer da procuradora-chefe recomendando a transação e dando-a como "economicamente vantajosa e de evidente utilidade técnica para o Instituto". Só não explica para quê mandariam toda a tralha para a floresta. O diretor financeiro autoriza a compra à folha 12. Na última folha derrama-se a assinatura floreada e satisfeita de João Luz, negócio fechado. Abel, a essa altura, por onde andaria?

Abel e eu. Algumas similitudes que não podem ser ignoradas: sua acentuada inclinação pelos jogos eróticos, o que é também uma peculiaridade do meu caráter; o fato de sermos os dois profissionais de imprensa, ambos limitados a atividades de pouco brilho, praticadas por assim dizer nos desvãos da profissão; uma certa paixão comum pelo texto confessional, ainda que, no meu caso, se trate quase sempre de simulacros de autobiografia. ("O mapa da Austrália", por exemplo, é apenas uma projeção de duas ou três fantasias minhas recorrentes).

Em seu relato, Abel fala insistentemente de um outro conto, intitulado "A fotografia", que lhe tinha sido enviado por um certo Lucas Fonseca na expectativa de o ver publicado nas páginas do *Monitor*. Dá a entender, embora sem dizê-lo, que há entre ambas as narrativas correlações mais que casuais. Se isto não foi suficiente para que ele tomasse posição mais firme em defesa da história do sr. Lucas, a culpa é do desfastio que sem dúvida provocava-lhe o aluvião de histórias que vinham bater em sua mesa. Compreende-se. Era um cotidiano que ele repudiava. Nada muito diferente, aliás, da torrente de *press releases*, cartas, relatórios, informativos e tarefas de *ghostwriter* que passavam diariamente por minhas mãos, na matriz do Instituto, deixando-as salpicadas de uma pátina azulada e nauseabunda que era bem o produto do esfarinhamento de meus dias.

Com a ajuda da Quindim, folheei um por um os números do *Monitor* numa busca desesperançada de "A fotografia". Sabia de antemão que João Luz o havia posto de lado, por razões que o próprio Abel explicita, mas vá lá que algum abrandamento de critérios ou uma generosidade de ocasião houvesse revogado aquele veredito. Procura inútil: não só não encontramos nada que lembrasse a narrativa do sr. Lucas, como parecia não haver em toda a coleção uma única história que prestasse. Mesmo assim vasculhamos todos os armários (deixados aqui como urnas vazias num cemitério abandonado) à procura de exemplares desgarrados. Um salto na numeração mostra que a série está desfalcada de pelo menos nove números, correspondentes aos meses de abril a dezembro de 1985, exatamente o período que se seguiu à entrada do conto na vida de Abel. Os últimos onze números disponíveis já entram pelo ano de 1986, e se a revista sobreviveu após isto, não há vestígios no pavilhão da gráfica.

    Em todo caso convém admitir que a busca era sobretudo um pretexto para que, vez por outra, eu pudesse deslizar a mão pelas coxas da Quindim ou até beliscá-la, como aconteceu mais de uma vez. Ela reagia com uma chuva de impropérios, naturalmente insinceros, pois bastava que eu me pusesse a zurrar como um asno arrependido para que ela caísse no riso e me perdoasse.

    Ontem encurralei-a contra uma linotipo do tempo do onça.

— Se eu encontrar a história do sr. Lucas, disse-lhe, faço por você tudo o que o sacana fez pela fogosa de Iguape. Quer?

— Como sabe o que ele fez com a fogosa de Iguape se não conhece a história?

— É fácil imaginar.

Descobri que ela adora esse tipo de jogo:

— Pois se encontrar essa droga de história, respondeu, prometo satisfazer aquele seu desejo mais secreto.

21. A MARRECA

NA MANHÃ SEGUINTE, enquanto eu me decidia se lhe deixava ou não um bilhete de despedida, fui dominado pela idéia insensata de acordá-la (fiz isso aplicando-lhe tapinhas no traseiro) para perguntar se não queria conhecer as terras de meu pai. Claro que eu não esperava que aceitasse. Mas ela nem mesmo perguntou para onde. Apanhou seus trecos (uma mala pequena e uma mochila de estudante) e desceu a escada atrás de mim. Lá fora, acima da lona do Circo Tasmânia, um sol metálico faiscava entre nuvens espessas. Para os lados da serra, entrecortada pela bruma, avançava grossa coluna d'água.

No trem, quis saber como era meu pai.

— Alto, espigado, seco.

— E o rosto?

— Crestado pelo sol, as mãos cheias de calos. Um homem do campo. Deve ter envelhecido muito.

— Já se perdoaram?

Eu havia contado a ela os motivos de nosso desentendimento, o desfecho final da contenda. Coisa pequena, causa de uma rês perdida, mas que terminou por tirar o velho do sério e a mim também. No fundo, sua ira refletia diferenças mais profundas. Ele me culpava de não mostrar interesse pela fazenda, o que era verdade. Eu o acusava de egoísmo e de libertinagem, o que também era certo. Mesmo antes de enviuvar começou a correr atrás de rabos de saia. Então chegou o dia em que ele interrompeu uma partida de truco (os compadres olhando-o assustados) para investir definitivamente contra mim. Começou por me chamar de inútil, o que era mentira; eu o qualifiquei de assassino de minha mãe, o que era exagero — mamãe morrera de câncer. Fui ameaçado com um chicote, chegou a me atingir com a ponta das cerdas. Parti naquela mesma noite, sem me despedir de ninguém. Mais tarde mandou dizer, por um viajante, que me considerasse órfão de mãe e de pai. Depois se passaram quinze anos.

— No que me diz respeito, respondi, ele já foi perdoado.
— Isso quanto a você. Mas e ele?
— Houve sinais positivos, um telegrama, uma carta. Além disso o velho está doente. A doença enternece.

Das imagens que dessa estranha viagem minha memória ainda retém, lembro-me da Marreca saltando alegremente na estaçãozinha de Campos Altos, encantada com a rusticidade da gare e com a cara eqüina do bilheteiro; da linha brumosa da Serra da Corda, semelhante ao dorso de um camelo, divisada pelo vidro da jardineira toda vez que um relâmpago riscava o céu; roceiros cheios de contrição, uma mulher que rodava um rosário entre os dedos; a estrada lamacenta.

Grato por ninguém me reconhecer, devo dizer que minha disposição para o *revival*, acalentada no começo da viagem, achava-se seriamente ameaçada pela alma turística da Marreca. Com o ardor natural da descoberta, ela via pela primeira vez paisagens que eu desejaria recordar com os olhos da infância.

Isso já não era mais possível. Cada coisa que eu via e reconhecia tinha necessariamente de filtrar-se primeiro na sua retina lúdica, de modo que era através dela que se desdobrava diante de mim, aos poucos, a região onde nasci e cresci.

— Sabe o que devia fazer? ela me dizia. Devia levar um presente para seu pai. Os velhos são sensíveis a essas coisas.

Sorri:

— Mas eu estou levando.

— Está?

— Estou levando você.

— É?

— Vou apresentar você como minha noiva. Pai, esta vai ser a mãe de seus netos. Tá bom assim?

Ela disse que estava, riu.

— E como é que vai me chamar?

— Agnes.

— Como?

— Agnes Dei.

Eu esperava encontrar meu pai afundado num catre, por isso muito me surpreendeu saber pelo preto Nestor, velho serviçal da casa, cuja carapinha tinha branqueado nas têmporas, que Miguel Ferreira, o Miguelão, andava há dois dias atrás de uma rês perdida, sem nem mesmo aparecer para comer.

Objetei:

— Mas a carta falava de uma febre que não passava; o velho achava que estava nas últimas.

— Chegou a mandar vir o reverendo, disse Nestor; achou mesmo que morria. Mas um dia amanheceu bom, calçou as botas e foi procurar a rês. Era a predileta dele.

Achei aquilo de uma ironia fina. Meu pai era um grande leitor das Escrituras, mais exatamente do Antigo Testamento. A Bíblia era, aliás, o único livro que lia. Dos evangelistas gostava menos, mas era improvável que desconhecesse a parábola do filho pródigo. Estaria ele buscando para o sacrifício a rês perdida quinze anos antes, com o fim de selar biblicamente, e com alto significado moral, o fim de nossa discórdia? E, finalmente, teria inventado a doença para que ela propiciasse a reconciliação? Eram possibilidades.

Mas também era possível que a parábola tivesse esbarrado no imprevisto e que a rês escolhida para o sacrifício, sabedora de sua sorte, houvesse fugido. Havia lido uma história assim não me recordo onde. Ao saber que o filho tresmalhado estava de volta, o pai mandou preparar uma festa e matar uma rês; a rês, que conhecia de orelhada umas quantas histórias bíblicas, cuidou de fugir; o pai, que amava muito aquela rês, arrependeu-se do que havia planejado e mandou dizer a ela que voltasse, pois não haveria mais sacrifício; a rês, desejando testar o amor do dono, condicionou seu retorno ao sacrifício do filho; o pai, para tê-la de volta, satisfez a exigência da rês e mandou matar o filho.

Confesso que esses turvos pensamentos me desconcertavam, mas não tanto quanto o que aconteceu a seguir, depois que Nestor veio dizer que nossos quartos estavam em ordem. Ao atravessar a casa e ganhar a porta dos fundos, lentamente reconhecendo os mesmos móveis rústicos de cabreúva — meu pai sequer os tinha mudado de lugar —, dei com uma sombra compacta avançando sobre mim, a bocarra aberta e os olhos faiscantes de ódio. Um enorme cão preto.

— Cuidado! gritou a Marreca.

Saltei para trás da porta e esperei, o coração aos trancos, que Nestor o dominasse e levasse para fora. Lá se foi, resistindo aos punhos do negro e arreganhando os dentes. Foi metido no porão, onde antigamente os porcos chafurdavam e onde uma vez vi entrar uma raposa amarela. Quando voltou, Nestor limpava u'a mão na outra. Ria, mostrando as gengivas vermelhas:

— A culpa é sua, patrãozinho. Não devia ter deixado passar tanto tempo. Absalão é um cachorro danado de manhoso.

Absalão? Então o monstro que avançara contra mim era o meu pequeno Absalão? Eu podia ainda contar as codornas que havíamos apanhado juntos. Aqui, absalão! Lá, Absalão! Absalão, vamos nadar no rio! Podem liquidar com toda a bicharada, eu dizia, mas em Absalão ninguém toca. Absalão me lambendo as mãos agradecido. E assim quando veio a cólera e os cachorros eram abatidos como preás, ele foi preservado, escovado e bem alimentado, e até meu pai aprendeu a gostar dele, pois soava bem a seus ouvidos o nome que eu lhe dera, apanhado de um sermão do reverendo. Era também o único rafeiro com permissão para entrar na sacristia, o que aliás fazia com dignidade.

Encarcerado, o bicho passou a noite toda ganindo e arranhando o assoalho. Algumas vezes vinha sacudir a cabeça bem sob os meus ossos, aparentemente sabendo onde eu estava. Não tive pena: era outro o cão que falava à minha alma. Este, ao contrário, me impedia de dormir.

Aproveitei-me da insônia para ir bater à porta da Marreca. Julguei que também ela estivesse acordada, mas me enganei. Apareceu envolta em brumas de pesado sono. Sussurrando, pedi para entrar.

— Hoje não, ela disse.

— Ora essa, o que há?

— A casa de seu pai exige respeito.

— Mas, Marreca.

— Agnes. Agnes Dei. E lembre que sou sua noiva, não sua mulher. Você deve me apresentar a seu pai antes de qualquer outra coisa.

Achei aquilo estapafúrdio. Resolvido a entrar de qualquer jeito, interpus um pé entre a porta e o batente. Chovia forte e, rente à janela, o vento fazia as bananeiras baterem palmas. Eu estava excitado e intranqüilo. Absalão se aquietara por um instante.

— Por favor, Abel querido, volte pro seu quarto.

Notei que era a primeira vez que ela pronunciava meu nome. Tinha-o ouvido da boca de Nestor, durante os abraços da chegada, e temi que com isso o encanto (o encanto de um relacionamento livre de nomes) se tivesse quebrado. Mas eu já me tinha aberto o suficiente com ela para que um nome fizesse diferença. E ao dizer "Abel querido", ela o fazia com a mesma entonação que minha ex-mulher usava nas primeiras semanas de nossa irreparável dissensão, quando, para escapar a minhas investidas, Vitória tinha na ponta da língua, sempre, um pretexto qualquer.

— Volte ou chamo Nestor, ameaçou, fazendo biquinho.

Achei melhor retirar o pé. Antes, porém, fiz o que fazem os lúbricos quando a ocasião se apresenta: abri o roupão e lhe ofereci, generoso, as provas túrgidas do meu desejo. Ela riu e avançou a mão direita, fazendo-me um rápido carinho com a ponta dos dedos, como quem acaricia as raízes de um bulbo. E quando pensei que finalmente ela cederia, vi-a saltar para dentro do quarto, aproveitando-se de uma distração minha, e correr o ferrolho. Tentei forçar a porta e pensei mesmo em arrombá-la, mas Absalão, alerta, recomeçou a latir.

22. DIÁRIO DO EXÍLIO

"Aquele seu desejo mais secreto". Seduzir é a especialidade da Quindim. Deixar-se seduzir, nem tanto. Assim foi que acabei por lhe falar de um certo desejo febril que me acompanha desde a puberdade, quando vi uma foto de Luz del Fuego vestindo só uma cobra enrolada no dorso. Para esse gênero de especiaria Fátima nunca teve imaginação, era até moralista. O resultado foi que regredimos a um estágio infantil de sexualidade. Aqui, ao contrário, tudo se presta ao encantamento dos jogos progressivos. Baralho, dados, caixa de fósforos catapultada com um palito de través: cada aposta é um novo passo para além das fronteiras da imaginação. Foi graças a uma seqüência feliz de lances de dados que esta tarde cheguei ao ponto inimaginável de arrebatar primeiro o bustiê da Quindim, depois sua calcinha. Por fim conquistei o direito de abarcar seu púbis inteiro com a mão em concha, reservando o polegar para uma série de carícias na fenda (coisa que ela deu mostras de muito apreciar, afinal). Cerrou as pálpebras e cheguei a pensar que sua resistência viria abaixo. Não veio. Quando eu quis enlaçar suas nádegas e avançar a boca para dentro da campânula de sua saia, repeliu minha cabeça com ambas as mãos e disse um "nã-nã-nã" com três estalinhos da língua.

— Primeiro a história, depois o quindim.

Confiei ao intendente a história de Abel e, com fim derrisório, o meu conto "O mapa da Austrália". Ele julgou seu dever difundi-los nos círculos mais cultos do posto. Resultado: excitação nos escritórios e curiosidade na cantina, quando entro. Será verdadeira minha intuição de que, graças a isso, estabeleceu-se para mim uma atmosfera mais benévola entre as mulheres? Por onde ando posso sentir o *odore di femmina* ao meu redor.

Uma coisa me parece certa: deve haver uma linguagem cifrada nessas coincidências todas, uma cadeia de símbolos cujo significado me escapa. É honesto esperar que daí resulte alguma espécie de explicação para fatos que se sucedem em desordem, mas de algum modo encadeados, o que implica acreditar que os eventos da vida fazem sentido em si e no seu conjunto. Nunca fui muito inclinado a crer nesse gênero de idéias, que mais se assemelham ao desejo suspeito de estar entregue ao controle de algum sistema superior. No entanto, devo reconhecer que me sinto indefeso o bastante para aceitar esta insólita verdade: que me tornei prisioneiro de uma rede de histórias e que meu objetivo aqui passa a ser um só: encontrar o conto "A fotografia" e, para isso, persegui-lo como o cão faminto persegue o osso, como o devoto demanda o Graal. Quanto mais não seja, o pacto com a Quindim está me deixando de gônadas inchadas.

O tal Coronel. Em certa época o incumbiram de organizar, arquivar ou destruir, conforme o caso, a papelada que viera com a gráfica. Sem dúvida ele considerou que havia muitos papéis inúteis. Alguns queimou, outros doou aos padres da prelazia. Os padres mantêm uma casa de órfãos aqui perto, e dentro dela uma oficina de aprendizes.

Guiado por alguma intuição, subi à torre. Encontrei o espécime refestelado numa rede, bebendo. Avançou para mim o rosto macilento:

— Você é uma espécie de escriba ou o quê?

— Isso mesmo, respondi. O maldito dum escriba que não escreve.

— Ouvi dizer que anda atrás de histórias.

— Não vou fugir delas se aparecerem na minha frente.

Grandão, espadaúdo:

— Antes de você já vieram aqui atrás de histórias. Um jornalista. Eu disse ao sujeito: largue disso antes que seja tarde. Ele teve o bom-senso de me escutar.

Riu, adulçou a voz e me passou um braço pelo ombro como se estivesse a brincar ou então julgasse minha pretensão irrelevante. Quis me mostrar sua oficina de restauro. Descemos uma escadinha lateral, de madeira, e demos num plano da torre que parece externa a ela, por formar uma cunha que entretanto de fora não se percebe de modo algum. Mas claro que é tudo parte da engenharia da torre, e a verdade é que o Coronel soube tirar proveito desse pequeno enclave sombrio. Fez dele o seu refúgio. Havia uma estante de livros com lombadas esplêndidas, reluzentes de novas, com os títulos gravados em prata. Sobre uma bancada toda sorte de espátulas, estiletes, facas e bojudos vidros de cola que pareciam compotas de doces em pasta. A cunha comunica com outro aposento onde só cabe uma cama de ferro. Acima da cama está pendurado o retrato de uma mulher belíssima.

— Quem é? perguntei.

Ele juntou comicamente os calcanhares em posição de sentido.

— Uma que merece que eu ainda bata punheta para ela todos os dias. Sabe, quase não acredito que fomos casados. Aliás, é uma longa história.

— Parece interessante.

— Interessante? Os tribunais estão cheios de histórias interessantes, meu caro. Já esteve num tribunal, seu João Ernesto? Digo, no banco dos réus?

Respondi que, de um certo modo, sim.

— Um homem pode estar muito seguro de si até começar a ser julgado, continuou ele. Aí perde o remelexo. O senhor quer ouvir a minha história? Posso lhe conceder uma entrevista.

Conceder-me uma entrevista. Prometeu fazê-lo quando estivesse sóbrio. Achei engraçado.

Nenhuma notícia do gráfico.

Sessão de gravação com o Coronel com um míni-cassete emprestado pelo intendente. De início, vendo o aparelhinho, relutou. Depois aquiesceu, mas se tornou solene e um tanto belas-letras. Seja como for, sua história impressiona. A certa altura, voltou-se e disse:

— Sei no que está verdadeiramente interessado.

— Em quê?

Caminhou até a estante de livros, abriu um volume:

— Olhe, andei vasculhando a papelada toda. Não achei nada. A não ser isto.

Estendeu-me uma folha de papel, desdobrei, li.

E estavam ali postas seis talhas de pedra para as purificações dos judeus, e em cada uma cabiam dois ou três almudes.

Piscou-me um olho:
— João, capítulo 2, versículo 6.
— O que significa?
— É uma pista.
— Não entendo.
— Se for esperto, vai entender.

Coronel: Quando minha segunda mulher e eu nos reconciliamos pela última vez, depois de uma separação de três meses, notei que ela se esforçava para me agradar em tudo. Nos quatro anos que bem ou mal durou nosso casamento, ela sempre se mostrara tímida e retraída. Nossas brigas eram constituídas principalmente desse tipo de bate-boca: eu a acusava de frieza, ela me chamava de gorila e não escondia seu desprezo por minhas dragonas. Dizia que eu era responsável pelas desgraças que os militares haviam infligido ao Brasil e torcia pela vitória de Tancredo na eleição indireta de 1984. Mas agora ela voltava carregada de animalidade e mostrava habilidades que eu não pensava que possuísse.

Eu: Que espécie de habilidades?

Coronel: Tudo o que se imagina que se possa obter do tato, do olfato, da audição, da visão e do paladar. Cheguei a achar que ela estava determinada a compendiar os cinco sentidos.

Eu: Pode ser mais específico?

Coronel: Felação, masturbação, coito vaginal, coito anal, voierismo. O cunilíngua. Bolinação em elevadores, fricção dentro de táxis, promessas sórdidas sussurradas no ouvido em jantares sociais. Jogo de espelhos no quarto, sessões de sodomia na banheira, curras simuladas na cozinha. Calcinhas que eram um fio só, saiotes de colegial. Vibradores. Silícios. E até um cordão de náilon.

23. A MARRECA

Apesar da noite maldormida, acordei cedo e me vesti para um passeio. O sol lambia as paredes da velha casa avarandada. Lá embaixo, no recôncavo, o povoado parecia dormir ainda, mas nas encostas dos morros, pelas trilhas que davam nas lavouras de café, figuras humanas deslocavam-se como formigas coladas à terra.

Notei que desde minha partida, há quinze anos, o lugarejo se tinha alongado na direção do rio, penetrando por uma cunha irregular entre duas escarpas e dando ao casario um aspecto de ameba. Voltei as costas a esse cenário, isto é, à comunidade humana, e comecei a descer a grande rampa a partir de onde se estendiam os pastos de meu pai. Teria tempo para reencontrar os companheiros de infância. Por alguma razão, receava esse reencontro.

Desejava rever antes alguns lugares e tentar recriar para mim mesmo o garoto que eu fora. Contava fazer isso em companhia da Marreca (planejara, mesmo, essas incursões) e, com sorte, quem sabe derrubá-la no bambual ou sobre as palhas de algum tufo de bananeiras. Mas ela se tinha posto de pé ainda mais cedo que eu, tinha tomado leite de vaca diretamente do úbere e, segundo Nestor, descera o campo numa alegria doida de menina. Percorrer meu antigo território era, pois, um eufemismo para procurá-la.

Levado pelo instinto, tomei a trilha do riacho. Quantas vezes, na cidade, a cabeça repousada no travesseiro, as mãos cruzadas sob a nuca, eu não revisitara esse lugar recompondo cada detalhe, como se o risco de esquecê-lo correspondesse a uma porta para a desgraça. Nessas visões, concentrava-me primeiro no fio d'água alargando-se à medida que rolava pelo descampado, até se curvar diante do rio e se dissolver nele. Isto no plano geral. No plano fechado, minha memória selecionava sempre um lugar específico, uma espécie de piscina natural, um alegre nicho encarcerado pela vegetação densa, onde a água despejava-se num platô de grandes pedras achatadas, superpostas como placas. Em volta, uma atmosfera fecundada por borboletas e insetos de asas iridescentes. Shangri-Lá — era o nome sob o qual, secretamente, eu costumava evocar aquele pequeno paraíso. Dois metros acima se estendia uma laje de pedra que os mais antigos garantiam ter sido uma ponte indígena. Para nós, garotos, ela havia sido principalmente uma ponte para o sonho. Derrubar ali a Marreca teria sido, para mim, mais que a materialização de uma fantasia de adolescência: a vitória do menino sobre o homem.

Antes, porém, levei um susto ao deparar com a vasta barragem de bambus da qual tinha-me esquecido por completo. Esse bambual cantava com o vento nas manhãs de minha vadiagem, como podia tê-lo varrido da memória? Surpreso, distraí-me lendo as velhas inscrições ali deixadas por mais de uma geração e reconheci, num caule perdido no interior de uma moita secundária, minhas próprias iniciais cravadas a lâmina de canivete: A.R.F. Lembrava-me do dia e da circunstância: uma tarde de sol pálido, irreal, o meu décimo-segundo aniversário. Alguns troncos estavam tomados por um número maior de inscrições, que subiam até onde alcançava a mão humana, em sua maioria nomes ou apelidos de homens, com uma data a seguir. Somente uma vez encontrei vestígio de mão feminina, que ali escrevera: "Pedro, sinto falta de você. Helena". Mãos pesadas e cruéis haviam se aproveitado disso para conspurcar as boas intenções de Helena e constranger ao silêncio o pobre Pedro. Mas fui encontrar sua resposta num bambu espigado bem no centro da moita, estranhamente solitária na base daquele caule. Dizia, simplesmente: "Eu também. Pedro".

Pensei que seria interessante procurar saber quem era Pedro e quem era Helena, se estavam casados, se tiveram filhos ou se, como quase sempre acontece, a vida os tinha jogado para lugares diferentes, como garrafas empurradas pela correnteza. Estava nisso quando ouvi, a meia distância, o ruído cavo de alguém que saltava na água.

Lembrando-me de meus próprios mergulhos inocentes, e imaginando que ali estavam meninos a reproduzir o espetáculo de minha infância quinze anos antes, tendo o sentimento da passagem do tempo de permeio, o que é sempre um exercício filosófico, aproximei-me de Shangri-Lá. Entrincheirado atrás duma pedra, num ponto em que tinha toda a visão da cascata e sua praia de calcário, vi o dorso nu de alguém que dava largas braçadas na água. Batia os pés com energia e, nesse movimento, deixava emergir umas nádegas arredondadas e belas, luzidias como maçãs gêmeas. Era ela. Não demorou muito para que seu rosto aparecesse na luz. Senti a alteração instantânea de meu batimento cardíaco e pensei, com alegria, que era o coração do adolescente que disparava.

Mantive-me algum tempo nesse posto de observação, até que, tendo a Marreca desaparecido por trás da cortina d'água, busquei um novo ponto que me permitisse reenquadrá-la em meu campo de visão. Ao fazer isso percebi, alguns metros abaixo do lugar onde eu me achava, um vulto agachado atrás dum plátano cujos primeiros galhos quase beijavam a superfície da água. Alguém mais espreitava a cena. Notei-lhe as costas magras e as botinas rudes. O rosto submerso em densa zona de sombra. Mas era possível ver que fumava e cismava em estado de grande concentração.

Sem experimentar prazer nisso, mas também incapaz de evitá-lo, observei que era agora incapaz de vê-la a não ser através dos olhos e da mente daquele outro observador. Suponho que é um defeito meu, um traço de caráter que remonta a tempos imemoriais: como se, para ver o mundo e a paisagem humana, eu precisasse da mediação de outras pessoas, de outros pontos de vista. Como numa imagem refratada, ela acabava de sair da água e achava-se de pé sobre uma das pedras. Penteava com os dedos os cabelos para trás, sem suspeitar que era duplamente observada. A delicada curvatura da espinha contrastava com as ancas largas e as coxas fortes. Escolheu uma região menos áspera da laje e estirou-se de costas, o rosto voltado para um lado, o ventre chato afunilando-se na direção do grande triângulo escuro, protuberante e selvagem, a perna esquerda descansando reta enquanto a outra, dobrada em ângulo, cedia langorosamente ao próprio peso.

Então deu-se aquilo que eu não esperava mas que, no fundo, temia. O observador ergueu-se nas suas botinas e caminhou, ardiloso, até a pedra. Reconheci meu pai quando o seu carão quadrado entrou na área iluminada. Pensei em chamá-lo — "Pai!" — mas me contive a tempo. A Marreca, ao vê-lo, levantou meio corpo e jogou-se de um salto na água. Meu pai despiu-se com uma rapidez espantosa e se atirou com espalhafato atrás dela, encurralando-a junto à cascata. Ela não tentou fugir. E no instante em que eu julgava que ela fosse gritar, esbater-se, pedir socorro, não: pôs-se a rir como uma doida.

Poupo-me de descrever o que veio a seguir, e não durou pouco. Meu pai a possuiu violentamente contra as pedras. Os êxtases dela podiam ser ouvidos a grande distância. Não sei se diga que eram terríveis ou belos. Em todo caso, confesso que nunca tinha ouvido nada parecido. Numa redação anterior destas memórias (menos caudalosa e mais trágica) eu havia dito que eram belos, sim, e também terríveis, mas que naquelas regiões afastadas teriam sido confundidos com os lamentos da acauã, essa ave que, nas manhãs quentes, chora como um bebê.

24. DIÁRIO DO EXÍLIO

SOB A LUZ VACILANTE de um poste de madeira parei e li novamente o versículo de São João. Pensei comigo que as talhas de pedra bem podiam ser os panelões da cozinha do PA-1, sendo os judeus quem senão nós, pobres funcionários do Instituto, estes que sofreram o degredo institucional. Besteira. As cozinheiras acharam a coisa muito engraçada e abriram sorridentes todos os armários para deixar eu ver que nada havia ali que se parecesse com o que procurava. Aproveitei-me da tolerância delas para vasculhar aqui e acolá, abrir e fechar portinholas, até no quartinho de vassouras dei uma blitz rápida. Depois, quando saía, prometeram ficar atentas para o caso de vir a aparecer no feijão ou no arroz qualquer pedaço de papel ou mesmo um selo que denunciasse a existência, em algum lugar, da história do sujeito que havia recebido uma fotografia pelo correio. Agradeci e fiz que não notei que riam de mim, as cretinas, uma delas até girando um dedo na testa quando eu lhes dei as costas.

No meu trapiche, sonhando acordado.
Quindim e Santinha.

Mando que se escondam e conto até cem. Como um tigre saio no rastro delas. Elas só podem estar atrás das máquinas ou dentro dos armários, não há mais nenhum lugar onde possam se esconder (aferrolhada a porta de correr). Sempre que agarro uma, apalpo-a, beijo-a e lhe arranco uma peça de roupa. A cada duas peças arrancadas, dispo uma minha. Esse é o código. Elas se divertem correndo de uma máquina a outra, como gazelas entre árvores, soltando gritinhos assustados, atritando e umidificando suas fendas. A coisa pode durar horas. Em geral, no fim, estão suadas e exaustas o bastante para se deixarem apanhar com facilidade. Nuas, ordeno que se sentem de pernas cruzadas ou se deitem de bruços no cimento cru. A essa altura também já estou nu e em estado de feroz priapismo. Fazemos então uma roda e jogamos o dado. Pode-se usar também o baralho (o pôquer, por exemplo) mas estamos excitados demais para esperar a formação de uma única trinca. Li em algum lugar, não me lembro onde, que a paciência e a contenção podem levar a prazeres muito intensos, mas tenho de admitir que não estou à altura disso. Então jogamos o dado. Se ganho eu, estabeleço a prenda a que tenho direito. Tudo o que é possível imaginar. Se ganha uma delas, entrego-me inteiramente aos seus caprichos, elas adoram isso. Não imagino o que possa ser mais deleitável, se uma coisa, se outra.

Eu: Cordão?
Coronel: Ela gostava de simular que morria sufocada durante o orgasmo. Tinha prazer nisso e às vezes pedia que eu passasse o cordão em volta do seu pescoço, como se faz com os animais de carga, enquanto eu a fodia de frente ou por trás. Ela própria tinha aprendido a dar um nó que se parecia com

os nós de enforcamento. Quando o gozo estava próximo ela se agitava inteira e pedia: "Aperta! Aperta!". Eu puxava o cordão e apertava tomando cuidado para não machucá-la, mas acontecia de ela estremecer e gritar ao mesmo tempo: "Mais forte! Mais forte!". Eu atendia mas com cautela, apenas mantendo o nó no ponto em que estava e tratando de compensá-la com a força dos golpes de meus rins. Só mais tarde, insatisfeita, é que ela inventou a história do saco plástico.

Eu: Que história?

Coronel: Era um ritual que não dispensava o cordão, mas que tornava a sessão mais requintada, mais arriscada. Como fazem os suicidas ou os assassinos que sufocam suas vítimas, ela metia um saco plástico na cabeça e semicerrava suas bordas com o cordão de náilon. Enquanto o cordão ainda estava frouxo havia ar, mas bastava puxá-lo um pouquinho para que a boca do saco se fechasse e o oxigênio escasseasse rapidamente. Ela se baseou em casos descritos nos jornais para passar a acreditar que a redução do oxigênio nos pulmões, a anoxia progressiva, torna mais intenso o orgasmo. Não sei se é verdade, mas o fato é que ela voltava desses abismos buscando ar com a boca inteiramente aberta e tendo um espasmo atrás do outro.

Começou com o Coronel rindo de meus embaraços. Disse que eu era pouco sagaz e preguiçoso, pois sequer me dera ao trabalho de ler todo o capítulo 2 de São João. Nem mesmo tenho uma Bíblia, eu disse. Não seja por isso, eu lhe empresto uma, vou até abrir na página certa para o senhor. "E no terceiro dia", começou a ler, "fizeram-se umas bodas em Caná da Galiléia". Era a história da transformação da água em vinho.

Jesus, a mãe de Jesus e seus discípulos haviam sido convidados. A mãe veio avisar: "Eles não têm vinho". No começo Jesus desconversou, fez que não era com ele, até destratou um pouquinho a mãe, a quem chamou de "mulher". Mas em seguida mudou de idéia e mandou encher de água as tais talhas de pedra, que eram seis. Depois, diante de todos, transformou a água no melhor dos vinhos.

Apontei para as garrafas vazias debaixo da mesa dele:

— O senhor não se refere...

— Eu só bebo pinga. Estamos falando de vinho. E da melhor cepa.

Vinho era comigo, mas podia também ser com os padres da prelazia.

— Não precisa ir tão longe, disse o Coronel. Para lá só mandei publicações técnicas.

O meu vinho me tinha sido presenteado pelo intendente, o intendente o contrabandeava da fronteira, e não em pequena quantidade. Tal como o Coronel, era um beberrão. Aqui todos se transformam em bererrões, inclusive, dizem, as cozinheiras, as escriturárias e as faxineiras. Nesse instante deu-me um estalo:

— A adega!

O Coronel gargalhou.

Desci correndo a escadinha em caracol, deixei a torre para trás, passei zunindo entre os barracões. A adega. Misteriosamente, estava aberta. Lá dentro havia luz, logo o mistério se desfez, o intendente em pessoa curvava-se sobre uma prateleira baixa. Perguntei-lhe à queima-roupa se podia me fiar mais uma garrafa.

— Pegue o que quiser, respondeu. O melhor que tenho é um chianti, aquele ali, de casco embrulhado em papel-jornal.

Tive a impressão de que ao apontar o chianti o intendente me piscou um olho malicioso e revelador, mas não posso ter certeza disso. Notei que cambaleava. Apanhei o vinho e saí. As folhas de embrulho, fiz delas um rolinho e meti-as no bolso. Estava tão certo de seu sortilégio que quase não me espantei ao abri-las, lá fora, e ler logo nas primeiras linhas, numa letrinha miúda e apagada, como se tivessem sido escritas há séculos, o seguinte: "A semana passada, mais exatamente no último dia de minhas férias, o carteiro me trouxe uma estranha correspondência...".

Como se tivesse na mão a chave do sentido da vida, capaz de desvendar o mistério que encadeia nossa existência a outras existências, entrei na gráfica e fui gritando por Edvirges. Tinha o coração aos pulos e era preciso acalmá-lo. Temendo a volta das velhas crises de pânico, sentei na cama e lutei com a rolha do chianti. Sorvi um gole direto do gargalo. Foi aí que, das sombras, vi o vulto se aproximando. Antes que me assustasse, reconheci Quindim. Esperava por mim no escuro.

Mostrei-lhe o chianti, os papéis:

— A história. Encontrei a história.

— Eu sei.

As sombras do galpão escondiam as linhas de seu rosto, mas era fácil perceber suas narinas arfando e seu peito subindo e descendo. Veio vindo. Quando estava já bem perto, a ponto de eu poder tocá-la, se quisesse, deu-se o inesperado: ela apoiou ambas as mãos no chão e ergueu lentamente as pernas para o alto, primeiro uma, depois outra, mantendo um dos pés dobrado para trás. A saia caiu-lhe como um cortinado sobre o tronco. Estava nua. Em seguida, deslocou-se mais meio metro em minha direção e abriu um compasso de cento e oitenta graus bem diante do meu nariz, oscilando num leve movimento de pêndulo, a fenda odorífera e os pentelhos selvagens roçando, como a cabeleira de uma escova, a ponta do meu queixo.

25. A FOTOGRAFIA

A SEMANA PASSADA, mais exatamente no último dia de minhas férias, o carteiro me trouxe uma estranha correspondência que não continha dentro senão uma pequena fotografia quadrada, em papel-linho rugoso e granulado. Não constava o nome do remetente. O carimbo de origem, aplicado com pouca energia sobre a camada de selos, era ilegível.

A foto mostrava a mim próprio ao lado de uma mulher que não fui capaz de reconhecer à primeira vista, nem no dia seguinte, nem ainda hoje que já sei alguma coisa sobre ela, mas não ainda quem ela é. Entretanto, via-se que a foto era recente, recentíssima, sendo a maior prova disso a camisa de organdi estampado que ainda agora é uma de minhas preferidas.

A primeira coisa que alguém observaria nesta foto (mantenho-o trancada na gaveta da escrivaninha do escritório, junto com as demais que obtive depois) creio que são os dentes bem alinhados da moça; em segundo lugar, seus olhos muito vivos, amendoados e escuros; e, por fim, a voluta de meu braço direito em torno de sua cintura afilada, que agradavelmente contrasta com o volume dos quadris.

O detalhe sutil (aquilo que Barthes chama o *punctum* de toda fotografia) está na posição de minha mão espalmada rente à base de seu seio direito. Seu sorriso largo e voluntarioso parece falar de um relacionamento amistoso o bastante para autorizar a intimidade desse abraço, mas já sabemos que isto é falso e absurdo, pois eu não poderia tê-la conhecido muito tempo antes. Talvez tivesse mesmo acabado de conhecê-la. O que me espanta é que eu tivesse me aproveitado disso.

Mas intrigava-me sobretudo não me recordar do lugar nem da circunstância em que a foto fora batida. Estávamos plantados frente ao que parecia ser a entrada de uma gruta, ladeados por arbustos de pequena estatura, talvez sabugueiros. Atrás devia haver um repuxo que a gruta escondia, pois pairava acima dela um menino de gesso fazendo xixi. Pensei num desses parques do interior, familiar e tranqüilo, mas onde? Viajei bastante nessas férias, às vezes com Adelaide, a maior parte das vezes sozinho. Mas não me lembrava de nada parecido.

Finalmente, é bom que diga, detesto grutas.

A COISA ESSENCIAL

Quando Adelaide chegou, no horário de almoço, vinda de uma rodada de visitas a sua inescrutável clientela, minha primeira providência foi esconder a fotografia no livro que lia. Dou o título do livro porque ele desempenhará, mais adiante, um papel importante (embora para mim incompreensível) nesta história. Era *O Exílio e o Reino*, de Albert Camus. Na verdade eu já tinha acabado de lê-lo, mas porque sou um camusiano doente não quis condená-lo tão rapidamente ao limbo de minha caótica biblioteca, de onde talvez nunca mais voltasse à tona.

A segunda medida foi sair à rua e comprar uma lupa. Voltei com ela no bolso da calça. Passei longas horas fechado na biblioteca, pretendendo ver mais do que a foto permitia, e os olhos já me doíam quando Adelaide chegou de volta reclamando da enxaqueca. Nem sequer a ouvi. Por um segundo eu julgara descobrir no olhar da moça alguma semelhança com a expressão de pessoas que havia distraidamente cumprimentado, quase sempre durante as reuniões que Adelaide promovia no apartamento com grupos de vendedores que ela denominava agentes comerciais de efeito multiplicador, mas que eu chamava de mascates. Assim, sou obrigado a apertar dezenas de mãos todos os dias e, por vezes, outro tanto à noite. Ah, as malditas reuniões de Adelaide!

Quando ela estará apta a compreender que, apesar de minha barriguinha proeminente e dos formulários de compra e venda de imóveis, o que no fundo eu sou é um lobo solitário em busca da coisa essencial? Houve época em que pensei que ela fosse entendê-lo (era ainda o tempo de nossas noites aveludadas) mas tinha freqüentes recaídas e passou a estranhar até mesmo os livros que eu trazia para a cama. "Para que você quer compêndios de marxismo se nunca vi burguês mais satisfeito?", ela provocava. "Para combatê-lo", respondia eu ambiguamente.

Mas agora eu me esforçava de verdade para combater, isto sim, esta insegurança nova e a estranheza que passara a sentir em relação a meu passado recente. Precisava, sobretudo, manter a distância a sombra insinuante do pânico. Não era propriamente a existência da foto que me afligia, nem mesmo o fato de que, como desconfiava, aquilo pudesse ser obra de algum chantagista de meia-pataca, mas a desconcertante possibilidade de que eu tivesse esquecido uma parte de minha vida.

Já li alguma coisa sobre a ocorrência de amnésia ocasional em maníacos-depressivos, mas isto não me impressiona; embora eu não seja lá um paradigma de saúde total, minhas manias nunca se dirigiam para a depressão, até onde sei, mas para o pólo oposto, *le plaiser de vivre*. Eis o que fundamenta meus temores: se algo permitiu que uma parte do passado me fosse extraída do conjunto de meus dias, quem me garante que não me usurparão também o presente e depois o futuro? Estar condenado a esquecer mais adiante o que se vive hoje é esvaziar completamente a ação atual, que só ganhará sentido com a memória. Esvai então não só a referência pessoal mas também o mundo, a existência coletiva e a sensação de ter feito parte, um dia, da comunidade humana.

O GASTRÔNOMO

Admito que estas graves reflexões de nada adiantavam e até soavam um tanto retóricas, porém me ajudavam a espantar a idéia de que estivesse mentalmente perturbado ou a caminho de ficar doente. Resolvi armar uma cilada contra a (ou a favor da) vida e seus perigos de autocancelamento, passando a registrar diariamente tudo o que eu julgava digno de "permanecer". O que eu queria: assegurar a existência de minha individualidade. Isso talvez explique por que sempre fui, desde muito cedo, um feroz leitor de diários. Adelaide: "Sempre que vejo você abrir um desses livros, imagino alguém comendo carne humana". Sim, era um pouco isso, mas eu amava essa gastronomia do afeto. Pois agora ia expor minha própria carne no varejo das sensações.

Prazeres

Pois por individualidade eu entendia as sensações e as diversas maneiras de usufruir os prazeres. Comecei então por fazer um inventário preliminar das coisas de que mais gostava. Escrevi: ler, passear, ver televisão, ir ao cinema, ouvir rádio, sonhar acordado, pisar na grama, andar a cavalo, subir rochedos, descer rochedos, ver o mar, beber sozinho, beber acompanhado, velejar.

Nunca tinha velejado, contudo. Muitas dessas coisas eram simples aspirações volatizadas durante aquilo que Adelaide chamava os meus "estados alfa". Para um homem prático, aquilo podia ser perigoso, era o que ela dizia. Para irritá-la, elaborei uma segunda lista mais voltada para os objetos e seres de minha predileção (como se receasse perder também a paisagem afetiva que minha sensibilidade vinha compondo para mim desde a primeira infância): pássaros, cães, gatos e flores brancas; casacos e luvas de frio; o primeiro sol do dia, currais, bosques e o último sol do dia; pequenos riachos e estradinhas desertas; o cheiro do pão quente pela manhã.

"Está tudo muito bem", disse ela, "tudo muito bonito, mas onde entro eu nisso tudo?". Armou-se um lamentável bate-boca onde acabei por disparar qualquer coisa como "só porque você acha que tem de entrar em tudo...", e Adelaide retirou-se agastada, jurando vingança. E ela que, na época, estava em campanha aberta para melhorar o nível de nosso relacionamento! Idéias que um terapeuta lhe tinha metido na cabeça. Terapia que incluía sessões semanais de do-in, de preferência a dois, coisa com a qual eu bravamente vinha me recusando a cooperar.

Inquietude

Naquela mesma manhã fui a um fotógrafo e o instruí para que ampliasse a pequena foto até o ponto em que a cabeça da moça alcançasse as dimensões de um ovo de galinha. Naturalmente, perdeu em definição e profundidade. O sorriso, que já no original era pouco nítido, tornou-se espectral. Tudo parecia vir de um passado muito remoto, e teria sido melhor que assim fosse. Meu rosto lembrava a cara embalsamada de um morto. Ainda assim, nada ali era repousante, tudo convidava à incerteza. Quem a teria batido? De quem teria sido a idéia? E por que o permiti, visto que ninguém me obrigava? (ademais eu posava descaradamente para a câmera). As fotos dos álbuns de família são inofensivas e tranqüilizadoras, lembram um passado já visto e registram uma intencionalidade banal e prevista. Esta, ao contrário, parecia destituída de toda banalidade, a suave banalidade que torna a vida possível. Não era foto que servisse para álbum de família.

Em casa, procurava voltar à leitura de Camus. Não conseguindo suficiente concentração, abandonava o livro, saía à rua. Logo retornava, inquieto, para reabrir o livro e largá-lo de novo. Adelaide vigiava-me à distância, intrigada, mas não ousava abrir a boca. Conhecia-me o suficiente para saber que, se o fizesse, mandava-a para o diabo.

26. A ENTREVISTA

Eu: O sr. também se submetia ao ritual de sufocamento?

Coronel: Não, embora ela insistisse comigo nesse sentido. Confesso que tive medo.

Eu: Medo de quê?

Coronel: De morrer, de ser ser morto, sei lá. Ela não era mais a mesma, estava muito diferente da Estela que eu havia conhecido, amado, odiado e depois amado de novo. Por vezes eu tinha a sensação de que havia trazido para casa uma vagabunda que havia encontrado numa festa qualquer e depois levado para debaixo de uma ponte. Assim, tinha medo dela à noite. Podia trazer uma navalha na liga, podia ter planejado me matar. Apesar disso, seus refinamentos não deixavam dúvidas quanto à origem dela e à educação que teve em casa e no colégio, com as freiras. Educação religiosa, quero dizer.

Eu: Era religiosa?

Coronel: Continuava mantendo contato com as irmãs, correspondiam-se. Tinha um pequeno oratório em casa, um nicho gracioso com uma imagem de Nossa Senhora de Fátima iluminada por uma vela votiva. Eu odiava aquele oratório porque era lá que ela se refugiava quando queria escapar de mim. De membro inchado e bagos túrgidos, eu esperava por ela, horas inteiras, até que me decidia a sair e procurar qualquer mulher na rua. Depois da separação notei que sua religiosidade tinha se transmutado num desejo de dessacralização. Explicou que havia passado um mês num simpósio de estudos com não sei qual teólogo da libertação. Ali aprendeu que a idéia do sexo como pecado fora uma concepção da cabeça doentia de um certo Aurelius Augustinus, aliás Santo Agostinho. Fim do século quarto, começo do quinto, por aí. Seguiram-se 1.500 anos de ansiedade no mundo, estimulada por gente como o Papa Gregório Primeiro. Graças ao frei teólogo ela agora estava livre desses medos, embora nada tivesse perdido de sua religiosidade. Saudei sua nova espiritualização currando-a diante do oratório, com a chama da vela drapejando fustigada por sua respiração ofegante. No momento do prazer (o meu) eu a incitei a gritar: "Foda-se Gregório Primeiro!". Ela obedeceu e estremeceu a seguir, sacudida por um gozo intenso.

Eu: Era bonita? Pode descrevê-la para mim?

Coronel: Alta, longilínea, mais para morena. Cabeça bem feita, busto estreito, seios empinados. Cintura de vespa. Quadris largos, nádegas de pêra. Pele avelulada. Coxas amplas, fortes, quentes. Repare, não estou descrevendo uma diva, mas apenas minha mulher. Tem muita mulher assim no mundo, sabia? Aliás, basta ver o retrato dela acima da minha cama. Raspava zelosamente as axilas, mas jamais os pêlos pubianos, que eram abundantes e sedosos. Me fazia penteá-los, para se excitar, com um grande pente de dentes de borracha.

Eu: Por favor, descreva também essa operação.

Coronel: Era uma brincadeira nossa, um preparativo. Eu corria o pente de cima para baixo, mas também para os lados e de baixo para cima, construindo penteados que depois desmanchava e reconstruía a meu gosto. A cada movimento ela empurrava o púbis contra a minha mão, como se quisesse que o pente a penetrasse, e depois se retraía para repetir o impulso. Esse pente era um objeto erótico que ela havia comprado não sei onde, suspeito que durante nossa separação. Teria sido difícil para mim, dois meses antes, imaginar minha recatada mulher entrando numa loja de petrechos sexuais. De todo modo o pente agora existia e apresentava um cabo dos mais característicos, volumoso e denso, feito de uma borracha negra digna de um deus africano.

Eu: E então, o que acontecia?

Coronel: Eu deixava que ela se excitasse ao ponto de inundar a própria pelagem com o sumo de suas glândulas. Daí, passava minha mão esquerda (eu a penteava com a direita) por baixo de suas nádegas e forçava-a a afastá-las como se faz com um compasso. Seu sexo se abria como o olho de uma fonte. Metia-lhe um dedo no ânus e introduzia a extremidade do cabo do pente em sua fenda, ajudando-a a produzir mais sumo. Via que ela, levada quase ao desespero pela excitação, procurava atrair o cabo para dentro de si num movimento de ventosa, mas eu impedia que isto se consumasse e o retinha na superfície, movendo-o caprichosamente de um lado para outro, girando-o em círculos ou simulando breves penetrações que não se realizavam. Em geral, quando ela já não suportava mais, apoderava-se de minha mão direita e introduzia ela própria o cabo inteiro na fenda. Ou então, para desafogar minha lubricidade, tratava de enterrá-lo o mais que podia, de um só golpe. Minha mulher gemia e passava a empuxar os rins em sentido contrário ao do movimento do pente, de um modo lento, seguro e profundo, pálpebras cerradas, como se assim pudesse saborear melhor a textura e o tamanho daquele grande pênis de látex e, seguramente, a fantasia que aquilo lhe propiciava.

Eu: A fantasia de ser possuída por um negro?

27. A FOTOGRAFIA

NA MANHÃ SEGUINTE o telefone tocou bem cedo. Era o fotógrafo. Pedia que fosse a seu estúdio. Mal entrei, desdobrou diante de mim uma ampliação ainda maior que a anterior, um imenso painel que ele prendeu com grampos nas extremidades de um fundo infinito. Era extraordinariamente belo e difuso, parecia uma transfiguração hectoplásmica. "Olhe", disse, e apontou uma região da foto onde não se via nada a não ser a parede da gruta e, mais abaixo, o borrão impreciso da moita de sabugueiros. Precisamente esse borrão era interrompido por uma mancha clara que parecia qualquer coisa como uma folha de jornal dobrada ou rasgada ao meio, um pedaço de primeira página onde se podia ler, com dificuldade, uma palavra — a palavra *posse*. O resto do título não era visível, mas abaixo havia uma fotografia, quatro pessoas sentadas, sérias, numa poltrona.

Lembrava-me vagamente de uma primeira página com essa disposição, não muito distante no tempo, aliás. Não é preciso dizer que nesse mesmo dia corri aos arquivos da *Folha de S. Paulo* (escolhi a *Folha* por intuição) e passei a tarde folheando robustas coleções. Exultei ao encontrar o que procurava: a edição 20.435, de 15 de março de 1985, cuja manchete proclamava:

Tancredo é operado, e se não puder assumir Sarney toma posse

Abaixo lia-se: "O presidente eleito, Tancredo Neves, foi operado na madrugada de hoje, no Hospital de Base de Brasília, por uma equipe médica chefiada pelo dr. Francisco Pinheiro Rocha. A intervenção cirúrgica terminou à 1h50 e, ao contrário do que se havia informado inicialmente, o problema do presidente eleito não era apendicite aguda, mas um divertículo no intestino, doença comum em pessoas de idade. A recuperação nesses casos é rápida".

PAISAGEM LUNAR

Sou um homem de atitudes intempestivas. No dia seguinte juntei meia dúzia de peças de roupa, atirei-as numa mala pequena e corri o zíper. Da vidraça do apartamento, um olho líquido e outro sombrio, Adelaide me via dar partida no carro e dobrar a esquina. Pensava, talvez, que a estivesse deixando.

Não estava. Não ainda. Apesar de tudo, continuava acreditando na aproximação dos contrários, ou pensava acreditar. É falaciosa a teoria que diz que os antípodas se completam. Meu pensamento, em todo caso, não se ocupava disso. Fica para outra ocasião demonstrar que a semelhança é a chave da harmonia. Alguns povos primitivos conhecem este preceito e o seguem à risca, com o que aconselham o casamento entre irmãos e, segundo se diz, não há lares mais serenos.

Mas vamos ao que motivou minha viagem inesperada. Dois fatos. Cedo voltara a me ligar o fotógrafo. A princípio pensei que, julgando que eu me esquecera de lhe pagar o que devia, e não era soma desprezível, tivesse chamado para delicadamente me lembrar disso. Mas nem mencionou o assunto. Ao contrário, pareceu-me excitado e inteiramente entregue à solução do meu enigma. Sim, porque num rasgo de expansão íntima eu tinha-me aberto com ele sobre tais coisas (a correspondência anônima, a desmemória, a angústia). Falei-lhe até mesmo de meu casamento. O que podia ter sido imprudência acabou por ser uma vantagem: aliciou a simpatia e a benevolência de Nakano (era este o seu nome).

— Veja, disse ele indicando um ponto na imensa reprodução que ganhava já proporções de mural mexicano.

— Não vejo nada, respondi.

— Cá embaixo, no canto esquerdo.

Outra vez, não vi nada: só manchas claras numa espécie de campo de areia. Paisagem lunar de tão estourada pelas ampliações sucessivas. Mas aqui é que estava o segredo, que só fui capaz de perceber com a ajuda rastreadora de Nakano. Com a ponta de um lápis ele foi construindo, a partir das manchas, três conjuntos de letras:

LHA OM RIDA

e um pouco mais acima, num grafismo gótico:

TERR

— Não te lembra nada?

— Francamente não.

— O senhor, que é corretor de imóveis...

E ria, apertando a fenda dos olhos. Mortificou-me por um momento o suspense que ele fazia. Maldito nipônico. E como eu não atinasse com coisa alguma, e depois de gozar ainda por algum tempo minha incompetência para o charadismo, estendeu-me um papelzinho onde ele, letra após letra, decifrara o enigma. Li:

TERRENOS EM ILHA COMPRIDA

A segunda razão para minha repentina viagem, logo direi qual foi. Antes, porém, uma breve informação enciclopédica.

Ilha Comprida

Faixa de terra que se estende por 72 quilômetros ao longo do litoral leste do Estado de São Paulo, de clima suave e praias amenas. No século 17 foi ancoradouro de piratas e muitos deles ali se fixaram e envelheceram como simples pescadores. Os índios tupi-guaranis que habitavam o litoral de Iguape chamavam-na Maratayama, que significa "povo do mar". Hoje a vegetação está rarefeita e grassam ali as agências de terrenos clandestinos.

A segunda foto

Agora sabem: o impacto dessa revelação foi o que me pôs para andar. Mas não só. Outra surpresa me aguardava na portaria do meu prédio. Havia chegado um segundo envelope, anônimo como o primeiro, que o porteiro me entregou junto com a correspondência comercial: cupons para assinatura de revistas, folhetos de lojas, um plano turístico que começava por Palma de Mallorca. Prevenido, mas ardendo de curiosidade, lutei para não rasgar o envelope no elevador. Tratava-se de uma nova fotografia e, desta vez, fortemente provocativa. A desconhecida achava-se solidamente plantada em meus braços, que a sustinham no ar, no primeiro plano seu rotundo par de nádegas mal coberto pelo biquíni. Ela ria e jogava a cabeça para trás. Eu, paspalho, corria em direção à câmera. Atrás de mim estendia-se a praia oleosa de um posto de gasolina e, mais atrás ainda, a linha do mar.

Associei imediatamente a paisagem desta segunda foto ao anúncio de terras na ilha. Não pensei em mais nada nem me achei na obrigação de dar explicações a Adelaide, que chegou logo depois, disposta a iniciar mais uma de suas discussões intermináveis. Eu, hein! Ali mesmo decidi terminar de ler o meu Camus lá onde ninguém pudesse me achar. Por que escolhi esse livro, que muitos tomam como uma obra menor do genial escritor? Vou lhes dizer.

O exílio e o reino

Entre 5 e 7 de agosto de 1949, durante sua viagem ao Brasil, Albert Camus foi comboiado por Oswald de Andrade até Iguape, cidadezinha plantada de frente para uma das extremidades da ilha. Camus gostou de seu ar de "estampa colonial". Mas o espírito estava inquieto e ele achou o país desmedido e monótono, verdadeiro continente onde a "alma" parecia ter perdido seus limites. Nessas condições, claro, não deviam lhe fazer bem as idéias antropofágicas de Oswald, que, apesar disso, ele qualificou como "um homem interessante".

Estas e outras impressões foram reunidas, após sua morte prematura em 1960, num acidente de automóvel, num diário de viagem que inclui também suas notas sobre os Estados Unidos. A viagem ao Brasil parece tê-lo impressionado mais, já que ocupam dois terços do livro. Além disso, os apontamentos tomados em Iguape foram aproveitados em 1952 na composição de um conto moralista, "A pedra que cresce", o último da coletânea de *O Exílio e o Reino*.

Eis por que esse livro singular se tornou tão importante para mim. Eu que não sou fetichista, eu que desprezo as superstições e não dou às coincidências mais que um valor estatístico, tive então que me ater ao insólito de três questões.

Três questões

a) por que eu lia o livro de Camus, e não outro, quando o correio me trouxe a primeira foto em que apareço ao lado da mulher misteriosa?
b) por que, para ocultá-la de Adelaide, meti-a justamente entre as páginas do conto "A pedra que cresce"?
c) finalmente, que forças de atração e repulsa teriam agido para que uma fotografia tirada em Iguape fosse parar no torvelinho vocabular dum conto ambientado na mesma cidade?

28. A ENTREVISTA

Coronel: Sim, a fantasia de ser possuída por um negro.

Eu: Isto lhe causava ciúmes?

Coronel: Ela passou a freqüentar a piscina do Círculo Militar, usava biquínis mínimos, seu corpo explodia de saúde, seu tesão era visível. A garotada vibrava e manipulava a genitália entre comentários que eu não podia ouvir mas adivinhava. Um dia chegou uma carta anônima dizendo coisas do tipo: "Gostosa, dava meu rabo pra te comer toda". Eu tinha uma vaga idéia de quem podia ser o autor do gracejo, um rapagão filho de um general, mas ela me impediu de chamá-lo às falas. Também não quis rasgar nem queimar a carta. Foi isso que me suscitou a idéia de investigar tudo.

Eu: Fez uma investigação?

Coronel: Quis averiguar o que tinha se passado com ela nos quatro meses de nossa separação. Levantar o véu daqueles quatro meses, saber o que ela tinha feito, com quem tinha andado, aquilo se tornou para mim uma obsessão. Nem por sonho eu estava disposto a acreditar naquela história de simpósio espiritual. Que ela tinha passado por uma espécie de aprendizado, um curso intensivo dos mais excelentes, isto me parecia evidente. Mas nada tinha a ver com teologia.

Eu: Tinha a ver, então, com o quê?

Coronel: Com fornicação. De tanto ouvir de mim que ela nada sabia de sexo, que era um desengonço na cama, uma incompetente, resolveu se vingar tornando-se uma especialista no assunto.

Eu: Como chegou a essa conclusão?

Coronel: Primeiro, intuí. Depois, fui descobrindo aos poucos, durante a viagem.

Eu: Que viagem?

Coronel: Minha unidade havia programado um treinamento em Pirassununga do qual eu não tinha a obrigação de participar, por estar naquela época envolvido com atividades didáticas da Escola Superior de Guerra. Consegui tirar uma licença de três semanas e pedi que a informação fosse mantida em sigilo. Em casa, disse a Estela que havia sido escalado para o treinamento. Saí de armas e bagagem, fardado, mas no primeiro hotel guardei tudo e botei roupas civis.

Eu: Tinha uma pista?

Coronel: Sabia que ela tinha estado na casa das freiras, que tinha ido para lá no dia seguinte à nossa briga. Lembro-me bem desse dia e da circunstância. Tancredo acabava de ser eleito presidente. Ela gritou para mim: "Acabou, seu bastardo! Acabou!". Dei-lhe um tapa no rosto, ela cuspiu em mim e entrou para fazer as malas. O colégio fica em Curitiba, cidade onde aliás moravam os pais dela quando eram vivos, ela própria nasceu e viveu lá até os 18 anos. Depois é que foi para Campinas, estudar psicologia. Ainda era estudante quando a conheci num *reveillon* no Rio. Estela não tinha irmãos, a parentela era escassa e distanciada. As freiras, do ponto de vista afetivo, eram tudo o que lhe restava. E havia Irmã Corazón, a madre. Minha primeira pista foi uma carta de irmã Corazón.

Nessa carta se preparava o terreno para Estela passar lá um mês ou dois depois da separação.

Eu: Foi o que aconteceu?

Coronel: Não há dúvida de que ela esteve por lá, mas não por muito tempo. Duas semanas no máximo. As freiras fizeram por ela o melhor que podiam, deram-lhe cama e comida, curaram-lhe as feridas da alma, depois lhe recomendaram que voltasse para casa. Ela não seguiu o conselho. "Como estava quando chegou aqui?", lembro que perguntei a Irmã Corazón. "Desesperada, mas uma semana depois já estava de bem com a vida". E explicou que Deus o que exige dos homens é apenas amor à vida, tudo o mais lhes é perdoado. Concordei e perguntei se isso estava na Bíblia. A madre sorriu e disse que não, mas que certamente era uma falha da Bíblia.

Eu: A propósito de que vem essa anedota?

Coronel: Pensei que a madre se referisse a mim e a meus erros enquanto marido, mas depois compreendi que se referia à própria Estela. Irmã Corazón sabia mais a respeito dela do que qualquer outra pessoa, inclusive eu. Falava dela como se falasse de uma filha que não tivesse tido. Mostrou-me postais que havia recebido dela, o último havia sido postado de Brasília e datava de 20 de março, isto é, quase três meses depois que ela saiu de casa. E se Estela não havia permanecido mais que duas semanas com as irmãs, onde diabo tinha estado esse tempo todo?

Eu: Boa pergunta. Onde?

Coronel: Eu lhe digo: em Ribeirão Preto, por três semanas. Depois, acredite se quiser: em Nova York, Londres, Atenas, Paris e parece que também nas ilhas Seychelles.

Eu: Sozinha ou acompanhada?

Coronel: Acompanhada. Aí chegamos ao ponto. Numa feira beneficente em Ourinhos ela foi apresentada a um certo

Canabrava, Canabrava filho — o nome é conhecido nos círculos do poder, pois Canabrava pai gostava de financiar campanhas para depois extrair dos políticos a política que convinha a ele e à UDR. Veja bem, o cabra é herdeiro de 40 mil cabeças de gado, sujeito festivo, barulhento, perdulário. Há duas versões para essa história, que ainda não está de todo esclarecida: a primeira, mais suave, é que Estela se tornou amiga da irmã de Canabrava filho e viajou com eles, às expensas do pai, para lugares de sonho; a outra é que se tornou amante dele por dois meses, até que brigaram numa churrascaria de Brasília. Tinham ido para a posse de Tancredo, aquela que não houve. Quando a última correspondência a Irmã Corazón foi expedida, o nosso pecuarista já devia estar noutra.

Eu: Estela fazia referência a esses episódios?

Coronel: Não. Só filosofava. Filosofia barata. Ela era dada a esses repentes, especialmente quando afundava em suas crises. Era uma depressiva ocasional, dessas que são capazes de bater com a cabeça na parede ou de dar tesouradas na própria perna. Um dia se apoderou da minha pistola, uma Magnum 45 do exército, e ameaçou dispará-la na própria cabeça. Quando não estava propensa a esses espetáculos, escrevia para combater a tristeza. Eu lhe comprava cadernos bonitos para ela escrever neles, esperando que esgotasse ali a sua angústia. Mas quanto ao postal em si, não dizia nada. Falava da brevidade da vida, comparava sua vida à de uma abelha de asas queimadas pelo sol, uma pequena abelha silvestre, que não dura mais que uma estação, mas que ainda assim comporta várias metamorfoses. E assim, indiretamente, ela se referia à metamorfose que dizia estar experimentando naquele verão. Terminava pedindo desculpas pelo furto (ela dizia empréstimo) de um hábito religioso do guarda-roupa de Irmã Rosa, com quem havia dividido o quarto. Um dos motivos de minha visita às irmãs foi devolver esse hábito roubado.

Eu: Para que ela furtaria um hábito de freira?

Coronel: Para usar, sem dúvida.

Eu: E usou?

Coronel: Vestiu aquele hábito por quinze dias, isto é, desde o dia da hospitalização de Tancredo até a transferência dele do Hospital da Base de Brasília para o Instituto do Coração, em São Paulo. Era um hábito claro, que ela mantinha imaculadamente branco mandando lavar e passar cada três dias, sempre à noite, numa lavanderia próxima do hospital. Adotou o nome de Salete e a partir daí todos a chamavam assim: Irmã Salete. Durante o dia ela circulava livremente pelos corredores do hospital, passando por enfermeira ou consoladora de doentes. Para o pessoal das enfermarias dizia que fazia parte da comitiva do presidente, o pessoal da comitiva achava que ela integrava o corpo de paramédicos. Sem contar que havia alguém que facilitava suas entradas e saídas.

Eu: Quem?

Coronel: Um médico.

Eu: Da equipe de Tancredo?

Coronel: Não. Um menino de nome Gibson, médico-residente, futuro fisioterapeuta. Dizem que um rapaz respeitadíssimo até o momento em que o apanharam na companhia de minha mulher, altas horas, entre os panelões da cozinha do hospital. A mão dele metida nas dobras do hábito, a mão dela segurando-lhe o membro teso. Em seguida ela se deixou levar para o apartamento dele, o Don Juan viajou para um curso na Espanha, ela ficou morando lá na sua ausência. Deve ter sido um grande aprendizado para ela. O sujeito podia ser correto, mas isso não o impedia de ser um grande especialista no cunilíngua. Possuía também uns anéis com os quais enlaçava o membro para torná-lo por assim dizer corrugado, maciço e de aparência menos humana.

Eu: Como sabe disso?

Coronel: Investiguei. Em casa, feita a reconciliação, tive de aprender o método e, quer saber? gostei. Cheguei mesmo a aperfeiçoá-lo lubrificando os anéis com óleo de escumana, o que dava à curra um cheiro delicioso, muito semelhante ao odor da cantárida. Estela atingia grandes delírios. Ela havia trazido os anéis na bagagem, creio que os roubou do Dr. Gibson.

29. A FOTOGRAFIA

São perguntas para as quais não encontro resposta. Em vão as tenho procurado na intriga do conto de Camus, desconfiado de que a ficção trama contra minha realidade. Conhecem a história, é o relato quase literal da estadia do escritor em Iguape, porém transferido para a figura de D'Arrast, engenheiro de águas que chega à cidadezinha com a missão de contruir uma barragem.

Diante dos "espaços imensos e do tempo que se derrete", tudo o que D'Arrast sente é melancolia e vertigem. Ali é recebido por autoridades solícitas e untuosas, é desacatado por um policial bêbado e mais tarde levado a conhecer um terreiro de umbanda. No dia seguinte envolve-se no drama de um devoto que prometera a São Sebastião transportar sobre a cabeça, até a igreja, um imenso bloco de granito. O grotesco Sísifo falha e D'Arrast (ou Camus o moralista) solidariza-se com ele de um modo inesperado: apanha a pedra que o devoto deixara cair e carrega-a, não para a igreja, mas até a choupana do infeliz, atirando-a no meio da sala miserável. E isto é tudo: está feita a sua conciliação com os trópicos.

Há quem julgue a narrativa incompleta e a atmosfera exótica demais para um espírito francês e uma obra de cristalina confecção. Atribuo tal julgamento ao preconceito dos críticos. Acho a história muito boa e penso que sua descrição da cidade corresponde exatamente ao que ela é. O clima de sonho, nós brasileiros é que não o percebemos.

A cidade não mudou nada nos últimos quarenta anos. É verdade que pavimentaram a rodovia e agora estendem uma ponte entre o litoral e a ilha, mas ainda conserva o mesmo ar de estampa e continua lá o hospital onde Camus, em companhia de Oswald, dormiu na noite de 5 para 6 de agosto de 1949. Também permanece lá o Jardim da Fonte que ele descreve em seu diário e depois no famoso conto.

O jardim foi, aliás, a primeira coisa que procurei ao entrar em Iguape. Mas já passava das seis e o portão estava trancado. Explicaram-me que no passado aquele jardim era uma praça aberta, mas agora o tinham murado por causa dos vândalos que agiam à noite. Vaguei por ruelas cheias de sombras e varridas pela friagem do mar. Peneirava uma garoa fina. Estava cansado e tinha por assim dizer os nervos lassos demais para qualquer emoção nova. Mas ainda as teria em quantidade, e bem fortes, antes do fim desse dia.

Virtude européia

Na noite em que chegou a Iguape em companhia de Oswald, Camus foi levado a um bar para comer uns sanduíches. Enquanto esperava ser servido, viu-se de repente desacatado por um soldado bêbado. O pau-d'água pretendia que seu passaporte não estava em ordem. O juiz da cidade pôs o importuno para correr, não sem antes deixar à escolha de Camus o gênero de punição que ele deveria sofrer. Suspeito que a história seja uma *boutade* camusiana, uma pequena e perdoável mistificação filosófica, inventada por amor excessivo às idéias morais. Com isso Camus se permitiu, em pleno trópico, a virtude européia de ter perdoado um selvagem fanfarrão.

Hóspede indesejável

Seja como for, não era nisso que eu pensava ao entrar no estreito saguão do Hotel Mar Pequeno, sórdido edifício de dois pavimentos plantado num extremo da praça central de Iguape. Pensava tão somente numa boa noite de sono. Havia apanhado do carro a mala pequena e meu surrado exemplar de *O Exílio e o Reino*. Apesar do motivo principal da viagem, estava alegre por poder confrontar minha visão da cidade com a descrição que dela fizera Camus quarenta anos antes ("apesar do cansaço", escrevera ele, "a cidade me parece bela com suas igrejas coloniais, a floresta tão próxima, suas casas baixas e nuas e a tepidez do ar molhado") incorporando-me, nem que fosse por ilusão literária, ao estado de espírito dum homem superior.

Não era nisso que pensava, mas que diabo dizer se também eu, naquele princípio de noite, seria desacatado por um policial (sóbrio, é verdade) tendo diante de mim a fisionomia colérica do porteiro do hotel? O porteiro, um português atarracado, começou por se recusar a preencher minha ficha, espetando no ar um dedo acusador que parecia me remeter ao estigma de remotíssimas eras, a cinco ou oito gerações de hóspedes indesejáveis e proscritos.

— Não pode me dar um quarto? indaguei, espantado. Está dizendo que não pode me dar um quarto?

— É verdade, não posso.

— E pode ao menos me dizer a razão?

Apontou a escadinha em caracol que levava ao andar superior:

— Ordens de cima.

Saquei a carteira do bolso traseiro e exibi suas entranhas recheadas de notas verdes. O homem recuou para trás do balcão como que para proteger o quadro de chaves.

— E quem é que está lá em cima? perguntei.

— O patrão, claro.

Tive então o impulso (algo me disse que não havia nada a perder) de trazer à tona as duas fotografias da mulher desconhecida e depositá-las diante dele, uma ao lado da outra, sobre o balcão. Foi o que fiz. Vi sua cara ficar lívida e seus beiços arroxearem de medo. Disse:

— Ah, então o senhor ainda se dá o direito de brincar conosco? Não bastam os problemas que já nos trouxe?

— Problemas? Que problemas?

— Ah, o senhor além de tudo é cínico. Eu devia chamar a polícia. E é isto o que vou fazer se...

Ia fugir escada acima mas o agarrei pela gola do blusão e o puxei de volta ao nível da passadeira cor de bosta. Eu estava agora possuído por uma espécie de demônio, o demônio da resolução, e não me importava nada ter de vender a alma para ir até o fim. Com a mão livre trouxe uma das fotos até a altura dos olhos dele e perguntei-lhe se conhecia a mulher que se deixava abraçar diante da gruta. Olhou-me aterrorizado, sem compreender. Depois soltou-se com um repelão e terminou de subir a escada. Deixei-o ir.

Espelho quebrado

Para resumir: quando a polícia chegou (dois cabos, um dos quais me disse umas coisas bem pesadas) soube que era *persona non grata* na cidade e que tinha contas a ajustar com o delegado. E que tinha sorte de não ir preso. E que só não ia preso porque se de malandro eu tinha tudo, de bobo não tinha nada. Bastava quitar com o hotel um espelho quebrado (um espelho grande de parede, oblongo, de moldura trabalhada) e com a polícia a multa de praxe. Só não resgataria o ultraje moral atirado à cara da boa gente de Iguape.

— Você e sua putana, arrematou o policial de quem, mais tarde, molhei generosamente a mão direita.

Então eu tinha andado com prostitutas, tinha quebrado espelhos e tinha ultrajado a boa fé quatrocentona da cidade de Bom Jesus de Iguape. Adiantava alguma coisa dizer que não me lembrava de nada? Paguei o que devia (paguei muito mais do que me pediram) e deixei imediatamente o hotel. Aliás, mal chegara a entrar. Os dois policiais, subitamente cordatos, toparam tomar umas cervejas comigo. Mas não alcancei, como desejava, a simpatia do português. Ele, ao contrário, só queria ver-se livre de mim. Deu suficiente prova disso ao retirar da gaveta do balcão um maço de fotos 12x18 e me dizer:

— Isto estava à espera do senhor. Por favor, suma com elas.

30. A ENTREVISTA

Eu: Quando Gibson voltou da Espanha, ela ainda estava no apartamento dele?

Coronel: Não. Acabou por se envolver com um jornalista, um dos que cobriam a agonia do presidente. Um certo Joel Bonfliglio. Mandou-se com ele.

Eu: Para onde?

Coronel: Para a cidadezinha de Iguape, no litoral paulista. Não quer um gole de cachaça?

Eu: Não, obrigado. Que havia em Iguape?

Coronel: Nada. Parece que o jornalista tinha plano de se estabelecer numa praia qualquer para vender camarão frito, dando uma banana para a civilização, e achou que devia experimentar Iguape. Como também era fotógrafo, planejava ganhar alguns trocados extras retratando a clientela. Devia estar mal informado sobre o lugar, pois a cidade nunca teve grande movimento de turistas. Não sei se Estela partilhava desse plano. Seja como for, eles se hospedaram no melhor hotel de Iguape, o Hotel Mar Pequeno, quarto 34, que tinha as janelas de frente voltadas para o Jardim da Fonte. Registraram-se como marido e mulher, o porteiro não fez perguntas nem exigiu documentos. Havia poucos hóspedes. Um desses hóspedes era um corretor de imóveis chamado Lucas Fonseca.

Eu: Por que menciona esse hóspede?

Coronel: Porque tem a ver com a história.

Eu: Viu o livro de hóspedes?

Coronel: Certamente. Ela se registrou com o nome de Quelma. Quelma Alencastro.

Eu: Como sabe que Quelma era Estela?

Coronel: Pelas fotos.

Eu: Que fotos?

Coronel: Vamos devagar. Tão logo verifiquei que o porteiro era um sujeito de maus bofes e que nada me revelaria, tratei de ganhar a confiança da arrumadeira. Era uma moça pequena, nada feia, que eu vira com um balde d'água e sabão lavando a escadaria do hotel. Pisquei um olho para ela, que logo correspondeu com um sorriso malicioso. Naquela mesma tarde tratei de seduzi-la com uma garrafa de vinho e três vermelhinhas que extraí de minha carteira recheada (o soldo, na época, não era tão ruim). O chianti tem propriedades miraculosas: solta a língua aos tímidos e faz os boquirrotos dormirem. Terminei a noite na companhia da arrumadeira em seu quarto miserável nos fundos do hotel. Garoava e os lençóis de Anete tinham lá o seu encanto. Podia-se ouvir o mar à distância.

Eu: O que Anete sabia?

Coronel: Que o tal Lucas, logo que viu minha mulher, ficou louco pelo rabo dela. Como Joel não pareceu se importar, ele foi em frente. Era tudo o que Estela queria. Logo dormiam os três num mesmo quarto, ora o deles, ora o de Lucas. Isso era fácil de verificar pelos cinzeiros cheios até a borda, pelo estado dos lençóis e até pelo número de travesseiros. E havia sempre um grande sortimento de garrafas vazias. Eles haviam perdido toda a vergonha. Pareciam livres como cachorros no cio, e foi assim que se deixaram surpreender por Anete, mais de uma vez, os três debaixo do mesmo lençol. Houve uma noite em que a convidaram para se juntar a eles.

Eu: Anete aceitou?

Coronel: Disse que não, mas o senhor está autorizado a duvidar. Também eu penso que sim, que ela se juntou aos pândegos. Do contrário não saberia que Estela tinha uma mancha no lado interno da coxa esquerda. Me contou isso quando pedi que me descrevesse "Dona Quelma", como ela insistia em chamá-la, e achei que nesse ponto se traiu. Mas corrigiu-se dizendo que Estela, uma manhã, vendo que ela entrava com o café, desfilou nua diante dela para ir se mirar no espelho oblongo da parede, o mesmo que no dia seguinte amanheceria quebrado.

Eu: Eles quebraram o espelho?

Coronel: Por alguma razão eles se desentenderam, houve uma briga, o jornalista deu com a máquina fotográfica na cabeça de Lucas Fonseca. A máquina resvalou em Lucas e bateu no espelho. O porteiro chamou a polícia. Anete até se lembrava da data em que isso aconteceu, foi no dia em que a saúde de Tancredo piorou e tiraram aquela famosa fotografia para tranqüilizar o povo.

Eu: E então?

Coronel: Não houve nada, o delegado era um sujeito complacente, além de ter demonstrado um excessivo respeito pela carteira de imprensa de Joel. Sóbrios, Lucas e o jornalista voltaram às boas, os estragos foram pagos e nem boletim de ocorrência houve. O delegado só impôs a condição de saírem da cidade. Fizeram isso imediatamente. Lucas voltou para Campinas (era homem casado, embora sem filhos) com uma grande bandagem na cabeça e, dizem, desmemoriado. Joel não sei para onde foi. Estela achou aí ocasião de se desvencilhar dos dois, ela que, nesse transe de sua "metamorfose", só parecia querer ligações transitórias.

Eu: Afinal era um aprendizado, uma espécie de curso intensivo sobre o amor, não é?

Coronel: Exatamente. Se o senhor me perguntar que lições ela tirou dessa relação a três (ou a quatro, não sabemos direito) digo que muitas. Ao menos uma vez esse aprendizado de que o senhor fala temperou de modo peculiar a última, e vulcânica, etapa de nossa vida em comum. Sempre que eu, num rasgo de sinceridade, lhe contava das mulheres que fora obrigado a procurar ao tempo de sua frieza para comigo, nos longos anos que precederam sua partida, ela sorria e dizia: "Por que não convida uma dessas mulheres a vir tomar chá com a gente?". Fui mais longe: assinalei no jornal um desses anúncios de troca de casais. Estela silenciou sobre a idéia, era como se me censurasse, mas deixou a coisa correr e no dia do freje (na chácara do outro, um alemão gerente de vendas de uma transna-cional) ela se mostrou uma pantera que tivéssemos libertado da jaula, faminta. A mulher do alemão, uma baiana de Ilhéus, também não era bolinho. Que farra! Me lembro de Estela debaixo do cara, de quatro, as mãos crispadas na borda do sofá, os olhos bem abertos e os beiços crispados, gritando para mim enquanto eu comia a baiana de Ilhéus: "Foda a vaca do capitão de indústria, Sidnei, pois ele está fodendo a vaca do coronel do exército!". Aquilo soou engraçado e o cara se pôs a rir, brochando na hora. Então deixei a mulher dele e tive um ataque de conservadorismo: avancei sobre minha propriedade e terminei o trabalho que o bruto tinha começado. A mulher dele, empolgada, saltou sobre o seu capitão de indústria e conseguiu reanimá-lo. O sujeito logo estava engalfinhado com a esposa. Foi como se a gente trepasse com as nossas mulheres pela primeira vez na vida.

Eu: Parece maravilhoso. Essa experiência teve desdobramento?

Coronel: Não. Logo depois houve a experiência definitiva, aquela que nos separou para sempre. Mas não vamos precipitar a história. Onde eu estava? Não deixei um fio solto por aí?

Eu: Sim, as fotografias.

Coronel: Ah sim, as fotografias. Não preciso dizer do que se tratava. É fácil imaginar. Cenas de estrebaria e de curral de bodes.

Eu: Como foi que botou a mão nelas?

Coronel: Mandei Anete surripiá-las do porteiro. Não que estivesse interessado em provas documentais ou coisa do tipo. Só queria ter certeza de que se tratava de Estela. Tanto que depois devolvi tudo. Mas antes de fazer isso mandei reproduzir duas, as menos comprometedoras, num fotógrafo da cidade. Poderia ter reproduzido outras, mais apimentadas, mas não tive coragem. Então, obedecendo a um impulso, escolhi uma delas (Lucas Fonseca e Estela na frente da gruta do Jardim da Fonte, fotografados provavelmente por Abel) e meti num envelope. O endereço do tal Lucas, o livro de hóspedes registrava. Anete era boa nesse tipo de missão. Além disso, eu estava pagando bem. Sobrescritei, colei, estapeei dois selos, corri à agência de correios, expedi. No dia seguinte mandei a outra. Mostrava minha mulher sendo carregada por Lucas, a enorme bunda vazando entre os braços dele, o fio de laicra escondido entre as carnes. Ela deixava pender a cabeça para trás e ria, melhor dizendo, gargalhava. Eu podia ouvir aquelas gargalhadas.

31. A FOTOGRAFIA

Já que me propus a contar esta história, vou contar tudo. Ou, ao menos, tudo o que sei. Vou lhes dizer que fotos eram. Sou um macho primário: não só não me envergonho delas como também admito que me envaidecem um bocadinho. Confiei-as outro dia a duas ou três pessoas de minha intimidade. Uma delas, um professor da PUC, cavalheiro de fino trato, mostrou-se reticente e pesaroso; outra, um colega do negócio imobiliário, felicitou-me com fortes taponas nas costas.

São sete reproduções em papel brilhante, de boa qualidade, aqui e ali retocadas com zonas de sombra que denunciam a mão intencional dum artista; tenho razões para supor que não é o mesmo produto das duas fotos em papellinho. São manufaturas de categoria diversa. Nesse caso, espanta-me o número de pessoas envolvidas nesse caso. Sinto-me no meio de uma vasta e nebulosa intriga. Terão sido armadas por meus concorrentes do meio imobiliário, para me desmoralizar? Visto como anda feroz o ramo, não é impossível. Mas são conjeturas para serem resolvidas noutra ocasião, não agora, quando o que interessa é lhes contar que fotos eram.

Finalmente, as fotos

Foto 1. Deitada de costas, uma das mãos amparando a cabeça no travesseiro e a outra descansando sobre o colo, a desconhecida dormita de olhos cerrados; está nua e a pele parece tenra e fresca; uma das pernas, dobrada, projeta a coxa poderosa até o promontório do joelho; acima da cama, na parede, Cristo e os Apóstolos velam o seu sono (ou finge que dorme?); ajoelhado no tapetinho, pagão devoto, eu (efetivamente eu!) contemplo o cenário.

Foto 2. Ambos de pé no centro do quarto, abraçados: ela e eu. Finjo abocanhar seu lóbulo direito; a mão esquerda corre-lhe o zíper abaixo da omoplata. (Numa seqüência lógica, quer me parecer que esta seria a primeira foto da série).

Foto 3. Um beijo selado entre braços que se emaranham. A cena ainda se passa no centro do aposento, à direita do catre, mas vê-se que a câmera mudou de posição: o que se observa em primeiro plano é meu corpanzil de costas, inteiramente vestido, encobrindo-a a ponto de só lhe deixar a descoberto o rosto; mas às costas dela, que surpresa, o espelho denuncia um vigoroso par de nádegas, já liberto do peso do vestido e da roupa de baixo.

Foto 4. Outra vez o mais interessante se dá através do espelho: em primeiro plano não há senão uma confusão de cabeças e ondas de cabelos e dedos que se entrelaçam nervosamente; a desconhecida parece ter tomado a iniciativa e contorciona seu corpo sobre o meu. Estou deitado de costas e quase inteiramente obliterado por ela, mas meu sexo aparece nítido, como um bulbo inchado prestes a ser engolido por ela. Ela retesa o corpo para trás e parece querer fender-se em duas.

Foto 5. Devia ir para os Anais das Práticas Ominosas. Sade não faria melhor. Foi o que disse com repugnância meu amigo o professor da PUC. Tive curiosidade de saber que disciplina dava. Direito canônico. Está explicado.

Foto 6. Provavelmente a seqüência imediata da foto 3: do abraço frontal ela deve ter me dado as costas e permitido (ou induzido) que eu a estreitasse dessa forma; suas nádegas se achatam contra meu calção de banho; suponho que as fotos 5 e 7 são o desdobramento disso.

Foto 7. Diante de minhas (ou delas?) intenções expressas na foto 6, ela poderia ter tomado duas atitudes; a) mandar-me lamber sabão; b) mandar-me lamber qualquer outra coisa. A imagem é clara: prevaleceu a segunda hipótese.

SANTAYANA

Se a identidade da dona era o primeiro mistério a resolver (eu estava inclinado a achar que se tratava de uma prostituta) e a razão de meu esquecimento o segundo, subsistia no entanto um terceiro e não menos importante problema: quem teria estado por trás das lentes? Para fotos tão estudadas, é certo que não poderia ter sido um bisbilhoteiro qualquer, que agisse à minha revelia. Autorizado ou não, o fato é que executou folgadamente seu trabalho no interior do quarto, movimentando-se entre a cama e o guarda-roupa, ao sabor das imagens no espelho, que ele perseguiu com uma obsessão borgiana.

Na manhã seguinte fiz uma visita ao Jardim da Fonte, que Camus descreve em "A pedra que cresce". Teria sido agradável pretexto para turismo literário (e o nome de Camus orna, hoje em dia, uma de suas alamedas) não fosse minha inquietação acerca do enigma de que era prisioneiro.

Interroguei o guarda do jardim, um velhote que fechou-se em copas, desconfiado. Recusou, carrancudo, a gorjeta que lhe ofereci. No afã de arrancar dele qualquer coisa, ainda que uma informação de terceiro grau, precipitei-me ao tentar lhe exibir, além das cândidas fotos em papel-linho, três ou quatro reproduções obscenas. Negou-se a ver o resto. Persignou-se e fugiu em direção à gruta do Bom Jesus do Iguape, no fundo da praça.

Essa gruta em forma de iglu, diante da qual eu tentaria em vão encontrar vestígios da bela desconhecida, vem há mais de duzentos anos acolhendo peregrinos que buscam suas lascas, as quais dizem muito benéficas. Tais lascas são extraídas do interior da gruta, cujo piso rochoso recompõe-se, diz a tradição, na mesma medida das porções retiradas. No dia da festa do padroeiro formam-se filas diante da abertura do iglu, cada peregrino esperando obter o seu pedaço de cascalho. Camus extraiu disso um conto antológico. Eu só extraio confusão e angústia.

A partir daí cometi alguns erros capitais que o Bom Jesus do Iguape não foi, talvez, capaz de me perdoar. Primeiro voltei ao hotel com a esperança de que o irado portuga, já ressarcido do prejuízo e refrescada a dura cabeça, me fizesse um relato circunstanciado dos fatos que em março de 1985 transformaram em lupanar sua familiaríssima hospedaria. Não deu certo. Em seguida, tendo o imprevisível gênio luso batido a porta na minha cara ("Ah, gajo dos infernos!"), abordei uma jovem à saída de um circo que haviam armado na praça — lembro-me que era o Circo Tasmânia — logo puxando para fora de minha pasta de curvin, em vez da mais inocente foto em cartão-linho, a faustosa demonstração da técnica do cunilíngua. As demais fotografias se espalharam pelo calçamento e a jovem evadiu-se horrorizada. Voltei ao hotel e devolvi-as finalmente ao animal luso, jogando-as sobre o balcão e largando-o lá completamente abestalhado.

E por fim, que diabo, terminei bêbado num salão de sinuca. Disseram-me depois que ali ameacei rachar a cabeça de um marinheiro de dois metros. Mas o tipo era um camarada decente e contentou-se em me pôr para dormir com um único sopapo nas ventas.

Passei a noite, como era de esperar, na polícia. Mas, diga-se a verdade, passei bebendo cerveja com os soldados que havia conhecido na véspera. É claro que a cela vazia que me estava destinada clamava por uma justiça mais equânime, mas as cervejas desciam bem e os soldados nada pagaram por elas. Além disso eu me tornara espirituoso e, como podem imaginar, irresponsavelmente generoso. De manhã, quando o delegado chegou e aboletou-se na sua escrivaninha de madeira carunchosa, eu estava bem quieto no meu trapiche, na obscuridade da cela. Ele se espantou ao dar comigo lá dentro.

— Não esperava ver o senhor de novo tão cedo, disse ele.
— Quando foi a última vez que nos vimos? indaguei.

Ignorou minha pergunta, riu e balançou a cabeça:

— Deve ter mamado um bocado, hein. Como da outra vez.

Era um velho pitoresco. Ao ver o livro que eu trazia na mão (um dos soldados tinha-se oferecido para apanhar minha bagagem no hotel), disse: "Conheço". Conhecia Albert Camus. Mencionou a passagem de Camus por Iguape em 1949 (era garoto na época, mas lembrava-se da excitação de suas tias solteiras com o "francês bonito" que aparecera no clube) e logo em seguida me liberou, não sem antes me fazer pagar uma fiança que, valha-me Deus, mal me deixou algum para a gasolina. Felizmente eu estava com os meus cartões de crédito (que pouco valiam naquele fim de mundo) e um talão de cheques onde só restavam duas folhas.

À saída, bateu-me a mão no ombro e aconselhou:

— Vá para casa.

— Está me mandando embora da cidade, delegado?

Riu e, para meu espanto, perguntou-me se conhecia o famoso bordão de Camus: "Aqueles que não conseguem se lembrar do passado estão condenados a repeti-lo". Disse-lhe que conhecia o bordão, mas que aquilo não era Camus, era Santayana.

32. A ENTREVISTA

Eu: O que o senhor pretendia? Arruinar a paz doméstica de Lucas Fonseca?

Coronel: Não me fale em paz doméstica, isso não existe. Pretendia talvez lisonjeá-lo, quem sabe até agradecer os ensinamentos que ele dispensou a Estela. Sou grato a essas pessoas, tanto quanto é possível ser grato a alguém que comeu sua mulher. Ao professor Castanho e ao Dr. Rubião, por exemplo.

Eu: Prosssiga.

Coronel: A especialidade de Castanho era o amor segundo os livros. Costumava mencionar Tolstoi e outros titãs, mas gostava mesmo era dos romances libertinos. Não era à toa que adorava emprestar livros às hóspedes solitárias e desencantadas que buscavam a paz da pousada que ele administrava em Cananéia. Foi lá que Estela se refugiou depois do episódio de Iguape, adotando o codinome Lúcia. Castanho era um sátiro refinado. "Mirabeau, *Contos eróticos*, página 102", dizia ele cifradamente às damas que estava certo de seduzir. Ou então: "Henry Miller, *Clichy*, páginas 25 e 26". Cedo ou tarde o livro aparecia sob seus travesseiros perfumados. Em geral era tiro e queda. As damas desencantadas e solitárias se rendiam ao efeito enlanguescedor da leitura. Depois era só puxá-las pela mão. Menciono Miller e o *Clichy* porque foram estas as páginas que couberam a Estela quando ele a seduziu. Como sei disso? Que diabo, o senhor faz sempre a mesma pergunta. Eu lhe digo: porque Estela roubou o livro e o trouxe com ela, as páginas estavam assinaladas com fortes traços laterais. Repeti esse exercício mais de uma vez em sua companhia. Conservei o livro. Quer vê-lo?

Eu: Sim.

Coronel: Aqui está.

Eu: Por favor, leia o trecho grifado por Castanho.

Coronel: Então escute: "Aconcheguei-me e coloquei minha cabeça no seu peito. Pouco a pouco fui baixando a cabeça, beijando e lambendo aquela carne macia, até chegar ao umbigo. Continuei descendo. Ela segurou minha cabeça, puxou-a e, forçando-me a subir em cima dela, enterrou a língua na minha boca. Minha reação foi imediata. Fiquei logo de pau duro e introduzi-o na sua cona, como se efetuasse a mudança de uma marcha para outra num automóvel de luxo. Custei muito a gozar. Foi uma dessas fodas que deixam uma mulher louca. Brinquei com ela à vontade, ora por cima dela, ora por baixo, tirando e tornando a introduzir meu pau devagarinho, esfregando a cabeça dele nos lábios da sua cona, tentando-a, martirizando-a mesmo. De repente, retirei-o completamente e comecei a esfregá-lo lentamente no bico dos seus seios. Ela olhou o meu pau com grande surpresa: 'Você já gozou?', ela perguntou. 'Não', respondi, 'vamos experimentar uma coisa diferente'. Tirei-a da cama e coloquei-a na posição exata para fodê-la na bunda. Ela, passando a mão por entre as pernas, ajudou-me a enfiá-lo no seu cu, ao mesmo tempo em que sacudia a bunda para facilitar a operação. Segurando-a com força pela cintura, enfiei todo o meu pau no seu cu, de uma só vez. 'Que gostoso! Que delícia!', murmurou ela, movimentando freneticamente a bunda para trás e para a frente. Tornei a retirar o pau, esfregando-o nas suas nádegas. 'Não, não', ela suplicou, 'não faça isso. Enfie-o todo, enfie-o todinho... eu não agüento esperar'. Tornou a me ajudar a enfiá-lo, dobrando ainda mais as suas costas e movimentando a bunda num frenesi louco. Senti que ia gozar outra vez — uma sensação que parece começar no alto da espinha; dobrei os joelhos e enfiei-o o mais que pude. Comecei a gozar como um alucinado."

Eu: E quanto ao Dr. Rubião?

Coronel: Um hóspede cativo da Pensão Alterosa, um albergue familiar de Belo Horizonte. O senhor não a achará em guia algum, naturalmente. Mas lá o Dr. Rubião era por assim dizer um monumento. Talvez seja até hoje.

Eu: Como o senhor sabia que Estela estava em Belo Horizonte?

Coronel: Pelo extrato de seu cartão de crédito. Ela não tomou qualquer precaução quanto a isso. Reconstruir seu roteiro foi tão fácil quanto seguir uma lebre de um helicóptero.

Eu: Por favor, prossiga.

Coronel: Diante do bigode amarelo e da cara de fuinha do Dr. Rubião, fiquei me perguntando o que Estela tinha visto num homem de seus sessenta e tantos anos, feio e alquebrado. Quando o encontrei ele tinha acabado de ficar viúvo. Fingi interesse por sua solidão e pela doença da finada, procurando não esquecer que eu mesmo tinha cinqüenta e cinco. Acho que na verdade a esposa tinha sido um peso para ele. Com certeza, no fundo, nem mesmo gostava dela. E quando, já certo de ter conquistado sua confiança, mostrei a Rubião uma foto de Estela e ele abriu uma boca perplexa, tornada uma fenda seca pela presença do bigode de palha, logo vi que uma nebulosa de inquietação tomava conta do velho hóspede. "Está lembrado?", perguntei. Rubião me olhou vacilante, depois quis saber se acaso não se tratava de filha minha. Respondi que não tinha filhos. "Irmã? Cunhada?". Disse-lhe: "Olhe, Doutor, se o senhor receia alguma coisa, esteja descansado. Trabalho para uma companhia de seguros e a moça aqui... bom, o senhor há de entender que o negócio requer uma certa reserva. O fato é que ela acaba de herdar uma boa bolada". E mencionei sem querer o nome de Estela. O velho me encarou com ceticismo: "Estela? Mas esta é dona Rosana. Rosana Scipione, ou Scavone, não me recordo bem. Creio que temos aqui um pequeno engano, Coronel Sidnei", disse ele aliviado.

Eu: Rosana era o novo codinome de Estela?

Coronel: Sim, e como eu houvesse recolhido a fotografia, adotando um ar de decepção e deixando o homem pensar que se tratava mesmo de um engano, Rubião sentiu-se à vontade para me abrir sua alma. Estela fora prodigiosamente generosa e solícita com ele. Quando falou a ela dos sofrimentos de sua mulher, que morria aos poucos de uma conjunção de males sem cura, ela foi a primeira a compreender seu desejo de pôr fim àquele sofrimento.

Eu: De que modo?

Coronel: Sufocando-a com o travesseiro. Parece que Estela, ao invés de dissuadir Rubião, acabou por sugerir uma solução mais prática.

Eu: Qual?

Coronel: Envolver a cabeça da esposa num saco plástico quando estivesse sedada.

Eu: Outra vez o saco plástico. O mesmo instrumento que serve ao prazer serve também à morte?

CORONEL: Chegamos ao ponto, senhor João Ernesto. Pode ser que o velho Rubião dissimulasse e a idéia do saco afinal fosse dele. Vá lá que tenha feito uso do experiente para encurtar a agonia da mulher. Mas isso não vem ao caso agora. O que importa é que dessa relação Estela trouxe o aprendizado que iria definir seu futuro, ou melhor, sua falta de futuro.

EU: Como assim, falta de futuro?

CORONEL: O senhor vai compreender, afinal. Houve um dia, cerca de uma semana após o meu retorno dessa viagem (eu estava decidido a guardar silêncio sobre minhas descobertas, pelo menos enquanto não soubesse o que fazer com elas), houve um dia em que Estela se mostrou particularmente ansiosa. Rodava impaciente pelo apartamento, nua, como uma gata no cio cheia de energias represadas. Dava a impressão de desejar ser possuída não por mim ou por qualquer outro homem, mas por todos os homens do mundo. Sufocava antes mesmo de meter o saco pela cabeça. Através do plástico eu via a perspiração em seu rosto. A certa altura deitou-se e bateu a mão direita em concha entre as pernas, como uma doida, como se me chamasse. Fez isso repetidas vezes, produzindo um som cavo e obsceno que parecia proclamar minha impotência diante das explosões de sua natureza. Havia um demônio infiltrado nela. De fato tive dificuldade de alcançar a ereção e quanto a consegui vi crescer em mim uma onda quente de cólera e ressentimento. Lutei para dominar essa combustão até botá-la em fogo brando e em seguida, cerebralmente, no mais antártico gelo. Com uma frieza assassina enrodilhei o membro com todos os anéis que ela guardava na cômoda, fui até a cama e virei-a de bruços. Dei-lhe dois tapas na cona entreaberta, cor de resina, e puxei-a contra mim. Trabalhei nela com dureza, num ritmo de dança macabra, até que ela estremeceu e começou a sacudir-se toda e pensei que não fosse parar mais. Desesperada, a voz rouca, pediu que puxasse a corda. Puxei-a com violência e deixei que ela se debatesse com a falta de ar durante meio minuto. Foi o tempo que durou sua extraordinária série de estremeções. Só então resolvi afrouxar o laço e permitir que ela voltasse à tona e respirasse o ar da noite, sua última noite. Mas depressa compreendi que já não era senhor de meus atos. O demônio que havia nela tinha passado para mim e mandava em meus nervos.

Eu: O senhor voltou a apertar a boca do saco!

Coronel: Sim. Tornei a puxar o cordão de náilon, voltei a apertar a boca do saco. Não sei quanto tempo durou a operação, mas me pareceu uma eternidade. Como era simples! Com um braço eu puxava o cordão, com o outro imobilizava Estela contra a cama. Descobri que matar, afinal, é muito fácil. Tão fácil quanto morrer.

33. O PARADOXO

João Ernesto aprumou-se da cadeira, afastou-se da mesa de onde, ébrio, o Coronel continuava a falar, e fez na direção dele um gesto com a mão espalmada.

"Basta, Coronel!"

O Coronel ergueu a cabeça surpreso:

"Mas eu ainda não terminei. Não está interessado no fim da minha história?"

"Sei perfeitamente o que vai acontecer. O senhor dirige seu automóvel até Campos Altos, ali indicam ao senhor onde fica Cachoeirinha, lá o senhor se avista com o pai de um certo Abel e seu empregado Nestor, conversa com as pessoas do lugar e descobre que sua mulher, que por ora atende pelo codinome Rosana, aliás Agnes, embora talvez se chame Estela, deu o rabo para dois ou três roceiros. Muito instrutivo, mas não me engana, Coronel."

O homem botou seu corpanzil de pé com dificuldade. Levou as mãos ao peito:

"Como assim, literato? Então eu me despojo de todo sentimento de orgulho que ainda possa haver aqui dentro, dou de barato o rebotalho de minha auto-estima (não é assim que vocês dizem lá nos seus divãs?), conto ao senhor toda a história do meu fracasso, confesso ao senhor um crime hediondo e ainda vem me dizer que lhe enganei?"

"Talvez enganasse, se não tivesse cometido um erro tão grosseiro."

O Coronel vacilou, João Ernesto prosseguiu:

"Para mim está claro que o Coronel demonstrou mais interesse do que era de esperar pelas histórias que me perseguem desde que o Instituto me trouxe para cá. Chego a pensar que se existe alguém por atrás dessa trama estúpida de narrativas encadeadas, esse alguém é o senhor; naturalmente, a serviço do Instituto. Isso explicaria tudo, mas vejo que não: um agente das forças atrabiliárias oníricas não cometeria um erro tão infantil."

O Coronel se pôs impaciente. Deu a volta à mesa e postou-se diante de João Ernesto. Berrou:

"Que erro, porra?"

"O senhor refez o roteiro de Estela em Brasília. Até aí tudo bem. Levou Estela para Iguape nos braços de um jornalista desempregado e atirou a infeliz no colo do negociante de imóveis. Perfeito. Em Belo Horizonte, permitiu que ela fizesse as delícias de um pensionista e sem dúvida o senhor ainda estaria narrando as peripécias rurais dela, reconstruindo aqui, subvertendo ali, se eu não tivesse interrompido o seu delírio. Quer saber onde está o erro, Coronel?"

"Onde, caralho?"

"Em Cananéia."

O Coronel, olhos piscos, vacilou sobre as pernas. João prosseguiu:

"No pressa de embaralhar as narrativas que a sorte colocou diante de mim, não sei se para me iluminar ou para me confundir, o senhor se descuidou e se apropriou de minha própria história, está lembrado? Minha história pessoal, a única que escapa aos desígnios da Trama. Sem mais aquela, o senhor enfiou os pés pelas mãos. E se eu lhe dissesse que o tal Castanho é uma invenção minha? Que a aventura que tive com minha mulher na Pousada Paraíso não deve nada aos livros libertinos que o senhor mencionou? Nem havia livros por lá. Pois eu lhe digo que estava muito disposto a dar crédito à sua história, estava mesmo surpreso e encantado com ela, até o momento em que o senhor derrapou na própria mentira, como alguém escorrega no cocô que acabou de fazer. Isso é tudo, Coronel, adeus!"

Ia começar a descer a escada quando foi puxado de volta pela gola. Em seguida viu-se encurralado e apertado contra a bancada de restauração de livros.

"Veja bem, beletrista", uivou o Coronel rebaixando o tratamento. "Se existe aqui um mistificador, é você. Pensa que não sei que espalhou todas essas histórias por aí a fim de nos confundir e nos fazer de bobos? Queria se divertir à nossa custa, não é? Essa Vitória, aquele Gibson, a tal Adelaide, o Circo Tasmânia... Mais um pouco e teríamos também um Dr. Melbourne, uma viúva Canberra. Sou bom em charadas, meu chapa, mas isto aqui não é a Austrália. Tais coisas nunca existiram a não ser no mapa da coxa de sua mulher, que o diabo a foda. Nem um aborígene ia acreditar em tanta coincidência. Como disse aquele seu impressor de merda: as coisas precisam de uma certa lógica para funcionar."

"A frase não é bem essa, mas também gosto de lógica. Pode ser que a lógica explique então por que o senhor se chama Sidnei."

"Conheço seus truques, malandro. Quando tudo começou, pensei comigo: o bastardo quer jogar o jogo perigoso da fantasia. Quer mulheres nuas e fáceis, e talvez seja virgem. Quer inventar realidades, e nem é certo que tenha vida real."

"Talvez", João Ernesto sorriu. "Vai ver o senhor também não passa de um fantasma."

"Fantasia, fantasmagoria, pesadelo. Tem razão, eu sou um sonho mau, enquanto você não passa de uma aparição projetando figuras grotescas a sua volta. No fundo, é uma projeção das figuras que imaginou. Quer dizer, não tem existência autônoma. Imagina que cria, mas o criador é bem outro. *La vida es sueño*, disse Lope de Vega."

"Calderón de la Barca."

"Dá no mesmo."

João Ernesto olhou por uma janelinha e viu o administrador caminhando lá embaixo, no gramado. Fantasmagoria. Viu passar um cachorro amarelo farejando o chão. Fantasmagoria. Ele próprio, cá em cima, fantasmagoria. Riu ao compreender o ardil caviloso do Coronel, que pretendia apagar com uma só penada a sua história real e todas as histórias de que ela se compunha, já que é assim que se compõe a vida de todo mundo: de histórias.

"Mas se o senhor insiste em acreditar que existe mesmo", disse o Coronel, "então eu sou obrigado a pôr um fim nisto, pois taí uma coisa que eu não poderia suportar."

João Ernesto continuou a rir mas só até o ponto em que viu uma fina espátula aparecer na mão direita do Coronel. Tentou acreditar que era uma nova brincadeira dele, mais uma farsa do espantoso indivíduo, mas o bruto já o atirava de bruços e imobilizava-o contra a bancada. E mantendo-o assim preso, disse, baixando o tratamento:

"Se gosta de lógica, também gosta de paradoxos. Vou lhe dar uma chance. Estou disposto a poupar sua vida se adivinhar o que vou fazer com você. Matá-lo ou soltá-lo? A resposta tem de corresponder à verdade. Se acertar, prometo deixar você ir. Caso contrário, está morto."

João Ernesto, após um instante de cálculo, arriscou:

"O senhor vai me matar."

O Coronel suspirou:

"Tem razão, mas infelizmente não vou poder soltar você. Se fizer isso, sua resposta deixa de ser verdadeira e isto significaria que você errou. Lembre-se que prometi soltar você somente se sua resposta fosse verdadeira, mas que se a resposta fosse falsa eu teria de matá-lo."

"Vai me poupar, então."

"De jeito nenhum. Vou matá-lo."

Não pode estar falando sério, pensou João. Por via das dúvidas, tratou de demovê-lo com um lamento aprendido numa história antiga:

"Vou morrer assim, como um cão?"

Em nenhuma parte os cães morrem dessa maneira, e o Coronel, sabedor disso, corrigiu:

"Não, como um porco."

E sem mais uma palavra, matou-o.

ESTA OBRA FOI COMPOSTA PELO BUREAU GRÁFICO DA
GERAÇÃO DE COMUNICAÇÃO
EM ADOBE CASLON REGULAR 12/17 E IMPRESSA PELA GRÁFICA DO
CENTRO DE ESTUDOS VIDA E CONSCIÊNCIA
RUA SANTO IRINEU, 170 – SÃO PAULO – SP – (011) 549-8344,
EM OFF-SET SOBRE PAPEL POLEN BOLD DA CIA. SUZANO PARA A
GERAÇÃO EDITORIAL
EM MAIO DE 1998.